KB065134

로크미디어가
유혹하는
재미있는 세상

# Taming Master
# 테이밍마스터

# 테이밍 마스터 23

2018년 1월 18일 초판 1쇄 인쇄
2018년 1월 23일 초판 1쇄 발행

**지은이** 박태석
**발행인** 이종주

**기획 팀** 이기헌 왕소현 박경무 이승제
**책임 편집** 최이슬

**발행처** (주)로크미디어
**출판등록** 2003년 3월 24일
**주소** 서울시 마포구 성암로 330 DMC첨단산업센터 3층 314호
**Tel** (02)3273-5135  **Fax** (02)3273-5134
**홈페이지** rokmedia.com  **E-mail** rokmedia@empas.com

값 8,000원

ISBN 979-11-294-4528-5 (23권)
ISBN 979-11-5960-986-2 04810 (세트)

# Taming Master

23

|박태석 게임 판타지 장편소설 |

## 테이밍마스터

ROK
MEDIA

로크미디어

# CONTENTS

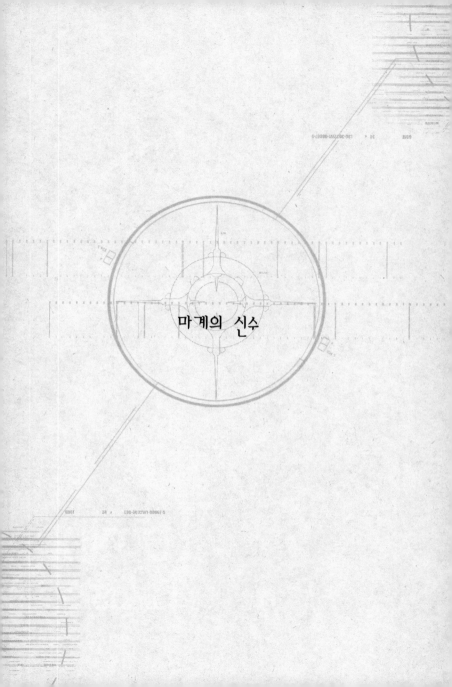

마계의 신수

Taming
Master

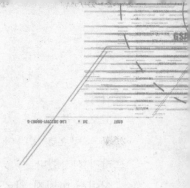

수없이 보아 온 장면이지만, 결단코 이 광경을 보며 지금처럼 떨렸던 적은 없었다.

'제발······. 제발! B등급 이상만 떠라 제발!'

정말 간절한 마음이 된 이안은 속으로 연신 '제발'을 외쳐 대었다.

지금 이안의 눈앞에서 빛나고 있는 붉은 마수 연성 마법진.

여기에는 그야말로 그간의 모든 연구와 노력의 '정수'가 담겨 있기 때문이었다.

A등급이나 S등급이 뜨면 더욱 좋겠지만, 거기까지는 바라지도 않았다.

어쨌든 B등급 이상만 뜨면 신화 등급의 마수가 나올 테니 말이다.

고오오-!

붉은 빛으로 빛나던 마법진이 가늘게 떨리며 진동음을 일으키기 시작했다.

이어서 마법진 위로, 재료가 될 두 마리의 마수들이 두둥실 떠올랐다.

"흐으읍!"

한차례 심호흡을 한 이안이 신중하게 손을 움직였다.

그러자 마법진 중앙에 다른 재료들이 하나둘 빨려 들어가기 시작했고, 마지막에 박혀 들어간 최상급 마령석이 강렬한 광채를 뿜어내었다.

'한 치의 실수도 있어서는 안 돼.'

마수 연성은 그냥 마법진만 열어 놓고 가만히 있으면 되는 작업이 아니다.

복잡한 마법진에 맺힌 붉은 빛줄기를 따라, 실수 없이 마력을 조작해야 하는 난이도 높은 작업인 것이다.

게다가 연성될 마수의 등급이 높을수록 연성 난이도가 높아지는 것은 당연지사.

지금 이안이 만들려 하는 마수는 말 그대로 '현존 최강의 마수'였으니, 마법진의 난이도도 극악인 것이 당연했다.

마법진 위에서 빠르게 움직이는 빛줄기를 따라 이안의 손이 분주하게 움직였다.

그리고 10분 정도의 시간이 흘렀을 때였다.

쿠오오오-!

마법진에서 뿜어져 나온 붉은 기류와 그 주위를 맴돌던 하얀 빛이 합쳐지며 신비로운 광경이 연출되었다.

스하아아-!

이어서 이안의 입에서 짧은 단발마의 비명이 터져 나왔다.

"으읍!"

지금껏 셀 수 없이 많은 마수 연성을 시도하였지만, 이렇게 강렬한 섬광이 터져 나온 것은 처음이기 때문이었다.

이안의 망막에 쏟아져 들어오는, 눈이 멀어 버릴 정도로 밝은 어마어마한 광휘.

하지만 이안은 결코 눈을 감지 않았다.

이 섬광 속에서 탄생할 마수를 조금이라도 빨리 확인하고 싶었기 때문이었다.

그리고 잠시 후, 하얀 빛이 허공에서 터져 나가며 그 자리에서 새로운 한 마리의 마수가 탄생했다.

이어서 이안의 눈앞에 수많은 시스템 메시지가 줄줄이 떠오르기 시작했다.

띠링.

-'마수 연성술'을 성공적으로 완료하셨습니다!

-마수 능력석, '어둠의 모래시계' 재료 아이템이 성공적으로 흡수됩니다.

-'창조주의 지점토' 재료 아이템이 성공적으로 흡수되었습니다(마수의 전투 능력이 1.25퍼센트만큼 추가로 상승합니다).

　-'마수 연성술'의 숙련도가 55.72퍼센트만큼 상승합니다.

　-'마수 연성술'의 레벨이 한 단계 상승하였습니다.

　-현재 '마수 연성술' 등급 : 마스터 3레벨

　-연성 등급 : SS

　-연성 등급이 더블S 등급 이상이므로, 마수의 등급이 두 단계 상승합니다.

　-'신화(초월)' 등급의 마수, '흑기린黑麒麟'이 탄생했습니다.

　-최초로 '신화' 등급 이상의 마수를 연성하셨습니다.

　-명성이 50만 만큼 증가합니다.

　-통솔력이 1,500만큼 증가합니다.

　-'마기' 능력치가 3,000만큼 증가합니다.

　-'항마력' 능력치가 1.5퍼센트만큼 영구적으로 증가합니다.

　……후략……

　'미쳤다. 미쳤어……!'

　시스템 메시지를 읽어 내려가던 이안이, 주먹을 불끈 쥔 채 하늘로 양손을 번쩍 치켜들었다.

　지금 이안의 기분은, 감격에 겨워 눈물이 나올 수준이었다.

　'더블S라니, 그런 등급이 있는지도 몰랐는데……!'

　일단 이안이 집어넣은 모든 재료 아이템이 성공적으로 마수 연성에 흡수되었다.

이것만 해도 무척이나 고무적인 일이었는데, 무려 SS라는 미친 연성 등급이 만들어졌다.

더해서 마지막으로, 만들어진 마수의 외형까지 무척이나 마음에 들었다.

'정체가 뭔지는 모르겠지만, 겁나 멋지게 생겼잖아!'

공간을 가득 메우던 하얀 빛이 사라지고, 그 자리에 등장한 한 마리의 늠름한 마수.

녀석은 온통 새카만 비늘로 뒤덮여 있었으며, 마치 하르가수스와 드래곤을 섞어 놓은 듯한 외형을 가지고 있었다.

게다가 몸을 한번 움직일 때마다, 사방에서 새카만 '흑염黑炎'이 피어올랐다.

'하르가수스라기보단 유니콘인가? 이마에 솟아 있는 뿔이 진짜 간지 터지네.'

하지만 이안의 놀람은 단지 시작일 뿐이었다.

히이이이잉-!

녀석이 앞발을 치켜들며 길게 울음을 터뜨리자, 매끈했던 등에 커다랗고 시커먼 날개가 펼쳐졌기 때문이었다.

아니, 펼쳐졌다고 하기보다는 생겨났다는 표현이 더 맞을 듯했다.

보랏빛 광채가 일렁이더니 어느새 날개가 펴져 있었기 때문이다.

감격스런 표정이 된 이안은 천천히 녀석의 옆으로 다가

갔다.

그리고 멋들어지게 늘어져 있는 새카만 갈기를 조심스레 쓰다듬었다.

그러자 녀석은 기분이 좋은지, 이안의 팔에 머리를 부벼 대었다.

푸릉- 푸릉-!

이안의 기분이 더욱 흡족스러워졌음은 물론이었다.

'크, 진짜 지금만큼은 세상 다 가진 기분이군.'

하지만 마냥 행복에 벅찬 기분은 잠시일 뿐.

이제 이 녀석을 탐구해 볼 시간이었다.

'그나저나 신화 등급이 끝일 텐데, 등급이 두 단계 상승했다는 건 무슨 말이지?'

눈을 빛낸 이안은 떨리는 마음으로 마수 정보 창을 오픈하였다.

그리고 그 안에서 황금빛으로 반짝이고 있는, 새로운 마수의 이름을 확인할 수 있었다.

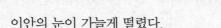

**흑기린**
**등급 : 신화(초월) Lv. 1**

이안의 눈이 가늘게 떨렸다.

'초월? 초월이라고? 이게 두 단계 랭크 업과 관련이 있는

건가?'

이 새 친구에 대해 궁금한 것이 한두 가지가 아니었다.

이안은 서둘러, 새로운 마수 '흑기린'의 정보 창을 오픈해 보았다.

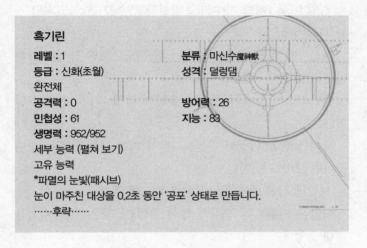

**흑기린**

레벨 : 1 　　　　　　　　분류 : 마신수魔神獸
등급 : 신화(초월) 　　　　성격 : 덜렁댐
완전체
공격력 : 0 　　　　　　　　방어력 : 26
민첩성 : 61 　　　　　　　지능 : 83
생명력 : 952/952
세부 능력 (펼쳐 보기)
고유 능력
*파멸의 눈빛(패시브)
눈이 마주친 대상을 0.2초 동안 '공포' 상태로 만듭니다.
……후략……

언제나처럼 소환수나 마수의 정보 창을 열었을 때 가장 먼저 눈에 들어오는 것은 '등급'과 '전투 능력'이었다.

하지만 등급은 정보 창을 열기 전부터 알 수 있었기 때문에, 이안이 가장 먼저 확인하게 된 것은 흑기린의 전투 능력이었다.

그리고 그중에서도 가장 먼저 눈에 들어오는 것은 역시 공격력 수치였다.

'크, 성공이야. 공격력 0이라니……. 뿌듯한데?'

마치 그간의 연구에 대한 보상을 받은 기분이었다.

이어서 나머지 능력치들을 확인한 이안은, 혀를 내두를 수밖에 없었다.

'정말 이게 1레벨 마수의 능력치라고? 내가 만들었지만 진짜 괴물이네.'

지금까지 이안이 키워 왔던 소환수 중 1레벨 능력치가 가장 뛰어났던 녀석은 엘카릭스였다.

엘카릭스의 능력치 총합이 유일하게 세 자릿수였으니 말이다.

하지만 방금 이안이 만들어 낸 이 미친 녀석은 지능 스텟 하나만 보아도 83이다.

'생각난 김에 엘카릭스랑 한번 비교해 볼까?'

이안은 인벤토리 구석에 넣어 두었던, 작은 기록 수첩을 꺼내 들었다.


엘카릭스/흑기린

공격력 : 19/0

방어력 : 25/26

순발력 : 15/61

지능 : 45/83

총합 : 10/170

생명력 : 1,527/952

엘카릭스는 신화 등급의 소환수들 중에서도, 전투 능력치가 최상급에 속하는 녀석이다.

게다가 스텟 비율 또한, 방어력과 지능 위주로 아름답게(?) 구성되어 있는 소환수였다.

'그런데 지능 스텟이, 엘카릭스의 거의 두 배 수준이란 말이지.'

심지어 더욱 놀라운 부분은, 비교적 낮은 비율을 차지하는 '방어력'조차 엘카릭스보다 우위에 있다는 점이었다.

순발력은 말할 것도 없고 말이다.

'생명력이 좀 떨어지는 편이긴 하지만, 그래도 이 정도면 라이보다는 훨씬 튼튼하겠어.'

생각했던대로, 아니, 생각했던 그 이상의 결과가 만들어지자 이안은 더욱 신이 나기 시작했다.

'그럼 이제 고유 능력을 한번 볼까?'

이안의 시선이 정보 창의 아래쪽으로 움직였다.

푸른 초목이 우거진 평화로운 평원.

그 한가운데 공명음이 일더니, 공간이 일렁이기 시작하

였다.

우우웅-!

그리고 잠시 후.

파앗-!

푸른빛이 터져 나가며 그 자리에 파란 포털이 오픈되었다.

이어서 파란 포털에서는 얄쌍한 그림자 하나가 모습을 드러내었다.

"여기가……. 정령계란 말이지?"

신비로운 분위기를 풍기는 새하얀 은발에 짙푸른 에메랄드 빛깔의 로브를 두른 늘씬한 여인.

포털에서 빠져나온 여인은 지면 위로 마치 미끄러지듯 날아들었다.

스르륵-!

그리고 잠시 후, 또 다른 여인 하나가 포털 바깥으로 모습을 드러내었다.

"아, 언니, 포털 못 탈 뻔했잖아!"

"시끄러, 바네사. 그러니까 누가 늑장 부리래?"

그런데 놀라운 것은, 두 사람의 외모였다.

두 사람은 마치 붕어빵 틀로 찍어 내기라도 한 듯 너무도 똑같은 얼굴을 가지고 있었던 것이다.

만약 두 사람이 같은 장비를 두르고 있었더라면, 구분하기 쉽지 않았을 정도.

그들은 누가 보아도 쌍둥이 자매였다.

두 사람은 티격태격 싸우며 걸음을 옮기기 시작하였다.

"그나저나 사라 언니."

"응?"

"언니 혹시, 최초 발견 보상 떴어?"

"어, 그러고 보니……!"

"그치, 안 떴지?"

"응. 안 떴어. 너도?"

"뭐지? 설마 우리보다 여길 먼저 발견한 유저가 있는 건가?"

"그게……. 그럴 수가 있나?"

당황한 두 쌍둥이 자매는 서로를 응시하며, 그 자리에 우뚝 멈춰 섰다.

그리고 진지한 표정으로 대화를 이어 갔다.

"만약 있다면 검공 미하엘이나 리퍼스 길마 리누스 정도일 텐데……."

"아냐. 걔들은 지금 전쟁하느라 바빠서 다른 곳에 신경 못 써."

"그……렇겠지?"

"그럼 대체 누굴까?"

"알려지지 않은 신비의 랭커?"

"글쎄. 별로 그런 사람이 있을 것 같진 않은데……."

골똘한 표정으로 고민에 잠긴 두 사람.

하지만 잠시 후, '사라'라고 불린 여인이 다시 걸음을 떼기 시작하였다.

"일단 움직이자, 바네사. 어차피 지금 생각한다고 결론을 낼 수 있는 것도 아니잖아?"

"그건 그래."

"퀘스트 받고 콘텐츠 클리어하다 보면 결국에는 알게 되겠지."

"좋아, 언니. 그럼 일단 '바람의 평원'으로 움직일까?"

말을 마친 여인, '바네사'는 오른손을 번쩍 들며 입술을 살짝 달싹였다.

그러자 그녀의 앞에 한 마리의 커다란 드래곤이 소환되는 게 아닌가.

—불렀는가, 주인.

이안의 카르세우스나 엘카릭스만큼이나 커다랗고 웅장한 몸집을 가진 푸른 빛깔의 드래곤.

두 여인은 아주 자연스런 몸놀림으로 드래곤의 등에 올라탔다.

"가자, 코르투스. 바람의 평원으로."

바네사의 말이 떨어지자마자, 드래곤은 거대한 날개를 활짝 펼치며 허공으로 날아올랐다.

그리고 얼마 지나지 않아, 거대했던 드래곤의 몸집이 작은 점으로 보일 정도로 순식간에 멀어져 갔다.

이안이 기대했던 대로, 아니, 그 이상으로 만족스런 능력치를 갖고 태어난 흑기린.

이안의 옆에 있던 세르비안도 침을 튀겨 가며 감탄사를 연발하였다.

"크으, 정말 엄청난 녀석이 만들어졌어!"

"제 말 맞죠, 세르비안?"

"맞네. 맞고말고. 진짜 자네는 엄청난 천재일세. 그 누구도 몰랐던 마수 연성의 비밀을 알아내다니 말이야!"

"후후, 제가 바로 이안 아닙니까."

"찬양하네. 이렐루야!"

만족스러운 것은 능력치만이 아니었다.

'이렇게 고유 능력이 많은 소환수는 처음 봐……'

녀석은 무려 여섯 개나 되는 고유 능력을 갖고 태어났으니 말이다.

게다가 고유 능력 하나하나 버릴 것이 없는 수준이었다.

**고유 능력**

*파멸의 눈빛(패시브)

눈이 마주친 대상을 0.2초 동안 '공포' 상태로 만듭니다.

*어둠의 날개 (재사용 대기 시간 25초)

흑기린의 등에 거대한 어둠의 날개가 생성되며, 그 즉시 전방으로 빠르게 비행합니다.

흑기린의 비행경로에 있는 모든 적에게 마법 공격력의 350퍼센트만큼의 강력한 피해를 입힙니다.

피해를 입은 모든 대상은 2.5초 동안 '공포'상태에 빠집니다.

*마력 연쇄 폭발 (재사용 대기 시간 1분 30초)

흑기린의 그림자를 중심으로 반경 15미터의 범위에 강력한 마력 폭발이 일어납니다.

마력 폭발의 범위 안에 있는 적에게 마법 공격력의 350~750퍼센트만큼의 피해를 입힙니다.

('공포' 상태인 적에게는 300퍼센트만큼의 피해를 추가로 입힙니다.)

*그림자 회피(패시브)

흑기린은 적의 공격을 5회 회피할 때마다 5초 동안 '어둠' 상태가 됩니다.

(맵이 어두울 경우 '어둠' 상태의 지속 시간이 최대 10초까지 증가합니다.)

'어둠' 상태 에서는 적의 시야에 노출되지 않으며, 모든 어둠 속성 고유 능력의 공격력이 100퍼센트만큼 증가합니다.

'어둠' 상태에서 적을 공격할 시 대상을 2.5초 동안 '공포' 상태에 빠지게 합니다.

(공격을 당하거나 적을 공격할 시 어둠 상태가 해제됩니다.)

흑기린은 어둠 속에 머무는 동안 매 초당 지능의 375퍼센트만큼의 생명력을 회복합니다.

*공포의 군주(패시브)

흑기린은 적을 '공포' 상태에 빠지게 할 때마다 모든 고유 능력의 재사용 대기 시간을 1초만큼 회복합니다.

*어둠의 모래시계 (재사용 대기 시간 40분)

아군의 시간을 3분 전으로 되돌립니다.

모든 아군의 생명력과 고유 능력의 활성화 상태가 3분 전으로 되돌아갑니다.

3분 이내에 사망한 모든 아군이 부활합니다.
(모든 소환수, 가신에게 적용됩니다.)
(파티원에게는 적용되지 않습니다.)
마계의 근원이자 마계를 담고 있는 그릇인 마해魔海.
그곳에서 탄생한 마계의 신수입니다.
초월의 힘을 가진 초월적인 존재로, 모든 이들을 공포에 떨게 하는 공포
의 군주입니다.

'이 녀석의 콘셉트가…… 공포인가?'

게임 이해도 하나만큼은 자타공인 최고인 이안.

그는 이 스킬들을 한번 쭉 훑은 것만으로 흑기린의 활용법
을 9할 이상 파악하였다.

'크. 역시 스킬에는 조건부 발동 옵션이 붙어 있어야 연구
할 맛이 난다는 말이지.'

이안은 흑기린의 여섯 가지 고유 능력들 중 '공포의 군주'와
'그림자 회피' 능력이 가장 중요한 핵심이라고 생각하였다.

'공포 스택을 쌓아 어둠의 날개랑 마력 연쇄 폭발을 무한
난사하는 게 흑기린이라는 녀석의 기획 의도겠군.'

사실 흑기린의 공격 스킬인 '어둠의 날개'와 '마력 연쇄 폭
발'은 공격 계수가 높은 편이 아니다.

심지어 이안의 다른 신화 등급 소환수들과 비교한다면, 오
히려 부족해 보이는 수준.

하지만 두 공격 스킬의 재사용 대기 시간이 무척이나 짧은

편이었다.

거기에 '공포' 스텍을 쌓을 때마다 1초씩 재사용 대기 시간이 줄어드니, 컨트롤하는 유저의 역량에 따라 끊임없이 광역 마법을 난사할 수 있는 것이다.

'이 녀석도 적이 많을수록 미쳐 날뛰는 스타일이겠어.'

고유 능력들의 매커니즘을 완벽히 이해한 이안은 머릿속으로 전투 장면을 시뮬레이션해 보았다.

이안이 상상한 전장은 흑기린이 활약하기 좋은, 대규모 전투가 벌어지는 전장이었다.

'전투의 시작은 어둠의 날개로 적진 한복판에 진입하고, 회피 5스텍 쌓아서 그림자 회피를 발동시키는 것부터 시작해야겠지.'

흑기린의 탱킹 능력은 신화 등급 소환수들의 평균보다 부족하다고 할 수 있다.

때문에 얼핏 보면 '어둠의 날개' 스킬로 적진에 진입한다는 발상은 무모해 보일 수 있었다.

하지만 흑기린에게는 '그림자 회피'라는 또 다른 패시브 스킬이 있었다.

적의 공격을 다섯 번 회피할 때마다 흑기린을 '어둠' 상태로 만들어 주는 최고의 생존 기술.

그림자 회피가 발동하면 흑기린은 '어둠' 상태가 될 것이고, 그 순간 흑기린에게 집중되었던 어그로는 사라질 수밖에 없다.

디텍팅 능력 없이는 '어둠' 상태인 흑기린을 볼 수 없고, 시야에서 사라지는 순간 포커싱이 풀리기 때문이었다.

'이어서 마력 연쇄 폭발로 최대한 많은 적을 맞추면, 어둠의 날개 스킬 재사용 대기 시간이 다시 돌아오겠지.'

흑기린이 '어둠' 상태에서 적을 공격하면, 대상은 '공포' 상태에 빠지게 된다.

그 말인 즉, 스물다섯 마리 이상의 몬스터에게 어둠 폭발을 맞출 수만 있다면, 재사용 대기 시간이 25초인 '어둠의 날개'를 다시 쓸 수 있게 되는 것이다.

'사실상 한 스무 마리 정도만 맞춰도, 재사용 대기 시간이 거의 돌아오긴 할 거야.'

게다가 이안이 고생하여 집어넣은 '어둠의 모래시계' 고유 능력은 또 어떠한가.

타르베로스를 상대할 때 이미 겪어 보았던 이 괴랄한 고유 능력은, 따로 설명조차 필요하지 않았다.

전투 장면을 떠올리면 떠올릴수록, 이안은 더욱 신나기 시작했다.

'크으, 몸이 또 근질거리는데……?'

이안은 새 식구가 너무도 마음에 들었다.

그중에서도 가장 마음에 드는 부분은, 이안이 데리고 있는 다른 소환수들과 전투 콘셉트가 전혀 겹치지 않는다는 부분이었다.

하지만 아쉬운 부분이 없는 것은 또 아니었다.

이안이 '흑기린'에 유일하게 아쉬운 부분은 공격 스킬을 발동시킬 때를 제외하면 딜이 0에 수렴한다는 것이었다.

공격력이 0이기 때문에, 일반 공격 시 대미지가 들어가질 않는 것이다.

'일반 공격을 대신 쓸 수 있는 간단한 공격 마법이 하나 있으면 좋겠는데…….'

이안이 원하는 스킬은 아이러니하게도 최하위 티어의 공격 마법들이었다.

예를 들면 '매직 애로우' 같은 스킬.

공격력은 약하더라도 재사용 대기 시간 없이 상시 발동시킬 수 있는 그런 기초 마법 스킬 말이다.

'오랜만에 소환수 스킬 부여를 쓸 때가 온 건가?'

이안은 소환술사 초보 시절에 유용하게 사용했던 '소환수 스킬 부여' 능력을 떠올렸다.

### 소환수 스킬 부여

**분류** : 액티브 스킬      **스킬 레벨** : Master
**숙련도** : 100퍼센트      **재사용 대기 시간** : 24시간
소환수에게 랜덤으로 하나의 스킬을 부여합니다.
한 번 스킬 부여를 사용할 때마다 대상 소환수의 잠재력을 20 소모하며,
한 번 스킬이 부여된 소환수에게 다시 스킬 부여를 사용할 경우 기존에

부여되었던 스킬이 새로운 스킬로 변환됩니다.
*스킬 부여의 레벨과 숙련도가 높을수록 소환수가 고급 스킬을 획득할
확률이 높아집니다.
*Master 등급의 숙련도입니다. 최대 3티어의 고유 능력을 부여할 수 있
습니다.

'소환수 스킬 부여'는 소환수의 잠재력을 20만큼 소모하여 새로운 고유 능력을 부여해 주는 꿀 같은 스킬이다.

하지만 이안은 이 스킬을 활용한 지 무척이나 오래되었다.

그리고 이유는 간단했다.

스킬 부여로 얻을 수 있는 고유 능력들이 이안의 소환수들이 기존에 가진 능력들에 비해 성능이 떨어졌기 때문이다.

마스터 등급의 '소환수 스킬 부여'로 얻을 수 있는 가장 좋은 고유 능력은 3티어.

그리고 3티어의 고유 능력들은 유일~영웅 등급의 소환수들이 갖고 있는 스킬들이었다.

4티어 이상의 고유 능력을 보유하고 있는 이안의 소환수들에게는 별 의미 없을 수밖에 없는 것이다.

물론 쓸 만한 패시브 스킬이 생성된다면, 없는 것보다야 나을 수 있다.

하지만 패시브 스킬이 두세 번 안에 뜬다는 보장도 없었다.

운이 나쁘면 열 번 이상 쓸모없는 스킬이 생성될 수도 있는 것이다.

때문에 20이나 되는 잠재력을 계속해서 소모하는 것은, 이안이 생각하기에 너무 큰 낭비였던 것이다.

'하지만 이번엔 아니지. 막말로 아무 공격 마법만 생성되면 되니 말이야. 심지어 흑기린에겐 가장 낮은 티어의 공격 마법이 필요한 거고.'

당연한 얘기겠지만, 낮은 티어의 고유 능력일수록 생성될 확률이 높다.

때문에 이안은 해 볼 만하다는 생각이 들었다.

"이 녀석 잠재력이 현재 98이니까……."

"그건 또 무슨 말인가?"

"잠깐만요, 세르비안. 지금 좀 중요한 생각을 하는 중이거든요."

스킬 부여를 발동시킬 수 있는 횟수는 총 4회.

네 번의 시도 안에, 기초 공격 마법 중 아무거나 생성되면 된다.

그리고 이쯤 되자 올려놓은 숙련도가 원망스럽기까지 했다.

만약 숙련도가 0인 상태였다면, 무조건 최하 티어의 고유 능력이 생성될 테니 말이다.

"자, 우리 기린이 착하지. 이리 와 볼래?"

푸릉- 푸르릉-!

흑기린을 쓰다듬어 앞으로 데려온 이안은 비장한 표정으로 '소환수 스킬 부여'를 발동시켰다.

소모된 잠재력이야 이진욱 교수에게 맡겨 놓으면 다시 올릴 수 있지만, 그 시간이 아깝기 때문에 최대한 빨리 원하는 능력을 띄워야 했다.

"스킬 부여!"

이어서 흑기린의 몸에 일순간 새하얀 빛이 맺혔다가 사라졌다.

─'흑기린'에게 '소환수 스킬 부여'를 사용하셨습니다.

─'흑기린'의 잠재력을 20 소모합니다.

─소환 마수 '흑기린'이 '광폭화' 스킬을 획득합니다.

"……."

이안은 어이없다는 표정이 되어 버렸다.

'이거 뭔가 데자뷰 같은데…….'

광폭화 스킬은 라이가 한동안 가지고 있던 고유 능력이었다.

이안이 '소환수 스킬 부여'능력을 처음 얻자마자, 라이에게 부여하였던 스킬인 것이다.

'아오, 그 많은 스킬 중에 왜 떴던 스킬이 또 뜨는 거냐?'

방어력을 낮추어 공격력과 민첩성을 올려 주는, 흑기린에게는 전혀 쓸모없는 버프 스킬인 광폭화.

이안은 눈물을 머금고 스킬 부여를 재차 사용하였다.

"스킬 부여!"

하지만 연속으로 스킬 부여가 발동될 리 없었다.

–'소환수 스킬 부여' 능력의 재사용 대기 시간이 아직 돌아오지 않았습니다.

–스킬을 사용할 수 없습니다.

24시간이나 되는 재사용 대기 시간이 걸림돌이 된 것이다.

이안의 입에서 긴 한숨이 새어 나왔다.

"휴우, 한 번에 뜰 거라곤 생각지 않았지만……."

이렇게 된 이상, 한시라도 빨리 로터스 영지로 이동해야 했다.

재사용 대기 시간이 돌아올 24시간 동안 조련소에 맡겨서 잠재력을 회복해야 했기 때문이다.

24시간 만에 20의 잠재력이 전부 회복되진 않겠지만, 그래도 가만히 두는 것보다는 나았다.

그리고 직접 '훈련' 스킬을 쓰지 않는 이유는 간단했다.

'훈련' 상태를 유지하려면 녀석을 소환해 놓아야 하는데, 1레벨인 녀석을 소환해 둔 채로 다른 퀘스트를 진행하는 것이 힘들기 때문이었다.

'쿵, 이 녀석은 우선 교수님께 맡기고 그동안 정령계 퀘스트나 진행해야겠어.'

이안은 오매불망 자신을 기다리고 있을 물의 정령왕, '엘리샤'를 떠올렸다.

'미안해요, 아줌마. 할 일이 많아서 좀 많이 늦어 버렸네.'

이안의 레벨은 어느새 430이 훌쩍 넘은 상태.

원래의 계획은 400레벨이 되자마자 정령계부터 가는 것이었지만, 뜻밖의 에피소드들로 인해 많이 늦어지고 말았다.

'뭐, 좀 늦었지만 상관없겠지. 어차피 나보다 먼저 거기 들어갈 사람은 없을 테니 말이야.'

생각을 정리한 이안은 서둘러 움직이기 시작했다.

이안은 흑기린을 이진욱 교수에게 맡겨 놓은 뒤, 곧바로 차원의 마탑으로 향할 생각이었다.

정령계로 이동하기 위해서는, 정령왕의 목걸이를 가지고 그리퍼에게 가야 하니 말이다.

"자, 기린아. 얼른 움직이자. 형이 좀 바쁘거든!"

이안은 흑기린을 소환 해제하려 하였다.

그런데 어쩐 일인지 녀석은 꿈쩍도 하지 않았다.

"……?"

이안은 살짝 당황하였다.

하지만 베테랑 소환술사답게 그 이유를 곧바로 깨달을 수 있었다.

'아, 맞다! 이름을 아직 안 지어 줬구나.'

이름을 지어 주지 않았기 때문에, 녀석이 떼를 쓴 것이다.

"음……. 그래. 예쁜 이름이 하나 필요하겠지."

이안의 중얼거림에, 옆에 있던 세르비안이 재빨리 끼어들었다.

"록시Roxy."

"네?"

"록시, 어떤가?"

"그게 무슨 뜻인데요?"

"'빛나는 새벽'이라는 뜻이지. 어둠 속에서 태어난 이 친구에게 정말 어울리는 이름 아닌가!"

본인이 말해 놓고도 만족스러운지 뿌듯한 표정을 지어 보이는 세르비안이었다.

하지만 이안은, 대번에 고개를 저으며 그의 제안을 거절했다.

"싫어요."

"왜?"

"입에 착착 안 붙어요."

"……."

우울한 표정이 된 세르비안을 외면한 채, 이안은 살짝 눈을 감았다.

'흠, 뭔가 귀여운 이름이면 좋겠는데.'

생각에 잠긴 이안의 미간이 살짝 찌푸려졌다.

언제나 그렇듯, 창작의 고통은 힘든 모양이었다.

그리고 그렇게, 10여 분 정도의 시간이 지났을까?

이안은 드디어 흑기린의 이름을 지을 수 있었다.

"자, 오늘부터 네 이름은 까망이다."

푸릉-?

"예쁜 이름이지, 까망아?"

푸릉– 푸릉–!

이름이 제법 마음에 드는지, 까망이는 이안의 팔에 머리를 부볐다.

–'까망이'가 자신의 이름을 마음에 들어 합니다.

–'까망이'와의 친밀도가 상승했습니다. 까망이의 충성도가 5만큼 올라갑니다.

물론 언제나처럼 이름에 담긴 의미는 별거 없었다.

'그냥 온몸이 다 까마니까…….'

어둠 속에 들어서면 실루엣조차 찾기 힘들 정도로, 녀석의 전신이 칠흑같이 새까맣기 때문이었다.

그리고 그 모습을 보며, 세르비안은 어이없는 표정이 되고 말았다.

"흐음, 이게 엘리샤의 목걸이란 말이지?"

"그렇다니까요, 그리퍼."

"가품은 아닌 것 같군. 만약 가짜였다면, 이렇게 강력한 물의 정기를 머금을 수 없을 테니 말이야."

"그럼요. 내가 언제 그리퍼 속이는 거 봤어요?"

"본 것도 같은데……."

"그럴 리가요."

이안에게서 정령왕의 목걸이를 건네받은 그리퍼는 목걸이의 가운데 박혀 있는 영롱한 사파이어를 구석구석 살펴보았다.

그리고 잠시 후, 천천히 고개를 끄덕였다.

"그래. 네 녀석 말이 맞다."

"뭐가요?"

"이 목걸이가 있으면, 정령계로 연결되는 차원의 문을 열 수 있지."

"그럼 얼른 열어 줘요."

그리퍼의 주름진 눈이 이안을 슬쩍 응시했다.

이어서 씨익 웃으며 천천히 입을 열었다.

"맨입으로?"

"예?"

"너, 공짜 좋아하면 머리털 다 빠진다?"

"아, 그리퍼, 치사하게 이럴 겁니까?"

이안과 그리퍼의 친밀도는 최상이다.

그리고 그것은 단지 수치만의 이야기가 아니었다.

비록 NPC기는 하지만, 이안과 그리퍼는 서로를 오랜 친구로 느낄 만큼 가까웠다.

때문에 이안은, 그리퍼가 원하는 게 어떤 건지 대충 짐작할 수 있었다.

잠시 뜸을 들인 이안이 은근한 목소리로 입을 열었다.

"마수 연성의 비밀이 궁금한 거죠, 그리퍼?"

기다렸던 이안의 말에, 그리퍼의 표정이 눈에 띄게 환해졌다.

"후후, 역시 척 하면 척이군. 내가 이래서 자네를 좋아한다는 말이지."

"하, 시간 없는데……. 나 엄청 바쁜 사람이란 말이에요. 그냥 나 말고 세르비안한테 물어보면 안 돼요?"

"이미 물어봤지."

"에?"

"치사한 늙은이가 알려 주지 않더라고."

"……."

"마수 연성한다고 바쁘니까 나중에 다시 오라고, 축객령을 내리더군."

"켁."

이안은 한숨을 푹 내쉬었다.

어떤 상황인지 대충 짐작이 갔기 때문이었다.

'세르비안, 그 노인네가 마수 연성 이론을 시험해 본답시고 주구장창 마수 연성만 하고 있나 보군.'

세르비안은 한 번 뭐에 빠져들면 다른 것은 전혀 눈에 들어오지 않는 스타일이었다.

때문에 그리퍼에게 축객령을 내린 것도 충분히 이해는 되었다.

"마수 연성 공식을 내게도 알려 준다면, 내가 그에 상응하는 정보를 주도록 하지."

"정보……요?"

"그렇다네. 어떤가, 이제 좀 얘기해 줄 마음이 생겼는가?"

사실 이안은 그리퍼에게 마수 연성 공식을 알려 줄 생각이었다.

궁금한 것은 절대로 참지 못하는 그리퍼의 성격을 잘 알고 있었기 때문이었다.

하지만 상황이 이렇게 되자, 그리퍼가 알려 준다는 '정보'에 대해 흥미가 동하기 시작하였다.

이안은 관심 없는 척 연기를 하며, 툭 하고 미끼를 던져 보았다.

"에이, 그게 대충이라도 어떤 건질 알아야 정보 교환을 하죠. 마수 연성 공식을 내가 얼마나 힘들게 알아냈는데……."

그리고 단순한 그리퍼는, 그 미끼를 곧바로 물 수밖에 없었다.

"후후, 좋아. 그럼 살짝 운을 떼 보도록 하지."

"어디 한번 들어 보죠."

"자네가 일전에 가지고 있었던 '마룡 칼리파의 영혼 결정' 말이야."

"……?"

"그에 대한 이야기를 좀 해 볼까 하는데……."

이안의 두 눈이, 순식간에 확대되었다.

그리퍼의 입에서 생각지도 못했던 이야기가 나왔기 때문이다.

'뭐지? 이 할배……. 혹시 전생에 점쟁이였나?'

이안은 온몸에 소름이 돋는 것을 느꼈다.

그리퍼가 언급한 마룡 칼리파의 영혼 결정.

그렇지 않아도 이안은 이 아이템에 대한 궁금증이 하나 있었다.

그리고 그리퍼의 이야기가 이어질수록 이안은 더욱 경악할 수밖에 없었다.

"이안. 자네의 인벤토리 안에는 아마도 칼리파의 영혼 결정이 아직 들어 있을 거야. 마수 연성 재료로 집어넣어 봤겠지만 마법진에게 거부당했겠지. 그렇지?"

"그, 그걸 어떻게……."

"후후. 어떻게 알기는. 이 그리퍼가 모르는 게 있을 것 같았나?"

"마수 연성 공식 모르잖아요."

"그, 그건……! 험험, 어쨌든. 이제 좀 대화를 나눠 볼 의사가 생겼는가?"

마계와의 차원 전쟁, 그 최후의 전투.

당시 최종 보스였다 할 수 있는 마룡 칼리파를 처치한 것은 이안이었고, 이안은 거기서 '마룡 칼리파의 영혼 결정' 아이템을 얻을 수 있었다.

그리고 이 아이템은, 다름 아닌 '최강의 마수 연성'을 위한 재료 아이템이었다.

'내가 최고의 마수를 연성해 내겠다는 마음을 먹었던 게 이 아이템을 먹었던 시점이었으니까.'

그런데 아이러니하게도 최강의 마수 연성에 성공한 이 시점, 이안의 인벤토리에는 아직 마룡 칼리파의 영혼 결정이 남아 있었다.

그리고 그 이유는 간단했다.

마룡 칼리파의 영혼 결정이, 마수 연성 마법진에서 튕겨 나왔던 탓이었다.

연성 재료로 사용할 수 없다는 의문의 메시지만 남긴 채 말이다.

'그리퍼는 대체 그걸 어떻게 알았을까?'

이안은 마른침을 꿀꺽 삼키며, 무심코 영혼 결정 아이템의 정보 창을 열어 보았다.

---

### 마룡 칼리파의 영혼 결정

**분류 : 잡화**                    **등급 : 신화**

마룡 칼리파가 소멸하기 직전에 남긴 영혼의 결정체이다.

마수 연성술을 익힌 이라면 누구나 꿈에 그릴 법한 최고의 연성 재료.

뛰어난 마수 연성술사라면 이 영혼 결정을 통해 칼리파를 부활시킬 수도 있으며, 전혀 다른 또 다른 마룡을 탄생시킬 수도 있을 것이다.
이 영혼 결정을 사용한 연성술에 성공하기만 한다면, 최강의 마수를 만들어 낼 수 있으리라.
*마수 연성술이 10레벨에 이른 연성술사만이 사용할 수 있는 재료입니다.
*마신의 제단에 공양하면 신화 등급의 장비 상자와 교환받을 수 있습니다.
*유저 '이안'에게 귀속된 아이템입니다.
다른 유저에게 양도하거나 팔 수 없으며 캐릭터가 죽더라도 드롭되지 않습니다.

정보 창을 다시 한 번 정독해 본 이안이, 떨리는 눈으로 그리퍼를 다시 응시했다.

이어서 천천히 입을 열었다.

"조, 좋아요, 그리퍼."

"후후, 역시 그렇게 나올 줄 알았네."

"마수 연성 공식을 알려 드리도록 하죠."

"좋아. 자네가 그 비밀을 다 듣고 난 뒤에, 내가 가진 정보를 내보이도록 하지."

"별것 아닌 정보는 아니겠죠?"

"그럴 리가. 내가 이래 봬도 차원의 마도사일세."

"……."

"장담컨대, 자네가 상상하는 그 이상의 것을 얻어 갈 수 있을 거야."

그리퍼의 호언장담에, 이안은 슬슬 썰을 풀어 내었다.

말하기 전에는 좀 귀찮았지만, 막상 설명을 시작하자 금세

몰입하였다.

그리고 설명을 다 들은 그리퍼가 경악하였음은 당연한 수순이었다.

"크으, 멋져! 심오해!"

감탄사를 연발하는 그리퍼를 보며, 이안은 흡족한 표정이 되었다.

"후후, 제 마수 연성 인생의 정수가 담긴 이론이라고 할 수 있죠."

"인정. 인정하네."

이어서 이안은 은근한 목소리로 운을 떼었다.

"자, 그럼 이제 말해 주시죠. '칼리파의 영혼 결정'에 어떤 문제가 있는 건지 말입니다."

이안의 말에 그리퍼가 피식 웃으며 대꾸했다.

"문제? 자네는 칼리파의 영혼석에 어떤 문제가 있었다고 생각하는 건가?"

"당연하죠. 그렇지 않았다면, 마법진에서 튕겨 나올 아무런 이유가 없으니까요."

그리퍼는 고개를 절레절레 저었다.

그리고 천천히 다시 입을 열었다.

"아니. 칼리파의 영혼 결정에는 아무런 문제도 없네."

"그럼……?"

"다만 자네의 레시피와 맞지 않았을 뿐이지."

이해할 수 없는 그리퍼의 이야기에 이안은 당황한 표정이
되었다.

"그게 무슨……."

하지만 이안의 반문이 이어지기 전, 그리퍼가 뭔가를 불쑥
내밀었다.

"자, 일단 이걸 먼저 받아 보시게."

이어서 이안의 눈앞에 새로운 시스템 메시지가 떠올랐다.

띠링!

─'태초의 마룡 연성 레시피' 아이템을 획득하셨습니다.

그리고 당연한 이야기겠지만, 이안은 허겁지겁 레시피의
정보 창을 오픈해 보았다.

---

### '태초의 마룡' 연성 레시피

**분류 :** 집화                    **등급 :** 신화 (초월)
**베이스 마수 :** '신화' 등급 이상인 드래곤 종족의 마수.
**재료 마수 :** '신화' 등급 이상인 태초의 마수.
재료 A. '마룡'의 영혼 결정.
재료 B. 마신의 혈옥血玉
재료 C. 천룡天龍의 비늘
재료 D. 최상급 원소 결정
*마수 연성술이 10레벨에 이른 연성술사만이 시도할 수 있는 레시피입
니다.
*성공률이 무척 낮은 레시피입니다. '전설' 등급 이상의 마령석과 함께
연성하는 것을 추천합니다.
*유저 '이안'에게 귀속된 아이템입니다.

레시피를 확인한 이안은 두 눈이 휘둥그레졌다.

"이, 이런 레시피가 있었으면 진작 보여 줬어야죠!"

"내가 왜?"

"우리 우정이 이 정도밖에 안 되었나요, 그리퍼……?"

이안의 격한 반응에, 그리퍼가 피식 웃으며 대답하였다.

"워, 워. 흥분하지 마시게, 이안. 이 레시피는 나조차도 얼
마 전에 발견했으니 말이야. 얼마 전 마계의 고문서를 뒤지
던 중에 우연히 발견한 레시피라네."

"그 거짓말……. 믿어도 됩니까?"

"거짓말이라니! 이거 섭섭하구먼. 만약 내가 이 레시피를
미리 알고 있었더라면, 자네에게 가장 먼저 보여 주지 않았
겠나."

"흐음, 한 번 믿어 보도록 하죠."

날뛰는 이안을 진정시킨 그리퍼가 천천히 말을 이어 갔다.

"어쨌든, 이제 자네가 궁금했던 이야기에 대해 설명해 주
겠네."

그리고 그의 말을 듣는 이안의 표정은 무척이나 진지하
였다.

그리퍼로부터 얻게 된 정보가 예상했던 것보다 훨씬 고급

정보였기 때문이다.

사실, 이안이 그리퍼에게 서운할 이유는 전혀 없었다.

그리퍼가 준 레시피만 하더라도 값을 매길 수 없을 만큼 귀한 물건이었으니 말이다.

그리퍼의 말이 이어졌다.

"일단 이 레시피를 보면, 베이스 마수가 어떻게 설정되어 있는가?"

"'신화' 등급 이상의 드래곤 종족 마수라고 되어 있네요."

"그렇지. 자네가 알고 싶은 그 '이유'에 대한 해답이, 바로 여기에 있다네."

"……?"

"마룡의 영혼 결정은, '드래곤' 종족의 마수가 베이스일 때만 연성 재료로 사용가능하다 하더군."

"아…….'"

이안의 입에서 낮은 탄성이 새어 나왔다.

궁금증이 풀린 것이다.

'그래서 아예 마법진 자체가 받아들이질 않았던 거였군.'

이안이 다시 입을 열었다.

"그것도 '고문서'에 적혀 있던 건가요?"

"그렇다네."

생각보다 훨씬 간단했던, 마룡의 영혼 결정이 마법진에서 튕겨져 나온 이유.

모든 이야기를 마친 그리퍼가 인자한 표정으로 미소를 지었다.

"자, 그럼. 이제 약속했던 대로 차원의 문을 열어 주도록 하겠네."

말을 마친 그리퍼는 돌연, 손에 들고 있던 정령왕의 목걸이를 허공에 던졌다.

"……!"

그러자 놀랍게도, 목걸이에서 푸른빛이 퍼져 나오기 시작했다.

그리고 시간이 지날수록 그 푸른빛은 커다란 포털의 형상을 띄었다.

아마 정령계로 통하는 차원의 포털일 터.

눈을 빛내는 이안을 향해, 그리퍼가 다시 입을 떼었다.

"그리고 이안, 레시피에 쓰여 있던 재료들 중 혹시 '원소결정'이라는 것에 대해서 알고 있는가?"

"아뇨. 처음 듣는 이름인데요?"

"역시 그렇군."

"그건 왜요?"

"자네가 정령계로 간다니, 문득 생각나서 말이야."

"……?"

"정령계로 가는 김에 원소 결정을 구해 오시게. 원소 결정은 정령계에서 어렵지 않게 찾을 수 있는 재료 아이템이라

네.”

“아!”

“하지만 최상급의 원소 결정은 구하는 게 만만치 않을 거야.”

“그렇군요.”

이쯤 되자 이안은, 그리퍼에게 서운한 척을 한 것이 괜히 미안해졌다.

‘역시 그리퍼는 아낌없이 주는 나무였어…….’

그리퍼에게서 얻게 된 정보가, 너무 많았기 때문이다.

“최상급 원소 결정은, 가능하면 많이 구해 오시게. ‘태초의 마룡’을 연성해 내기 위한 레시피에도 필요하지만, 강력한 아티팩트를 만들기 위한 재료로도 많이 쓰이는 물건이니까 말이야.”

“알겠어요, 그리퍼. 내가 많이 구해서 그리퍼 것도 몇 개 챙겨 올게요.”

“후후, 그래만 준다면 정말 고맙겠군.”

그리퍼와의 작별 인사를 마친 이안은, 차원의 포털을 향해 천천히 걸음을 떼었다.

‘드디어……. 정령계 입성인 건가?’

히죽 웃어 보인 이안은 천천히 눈을 감았다.

잠시 후면 눈앞에 펼쳐질 새로운 콘텐츠들이 벌써부터 몹시 기대되었다.

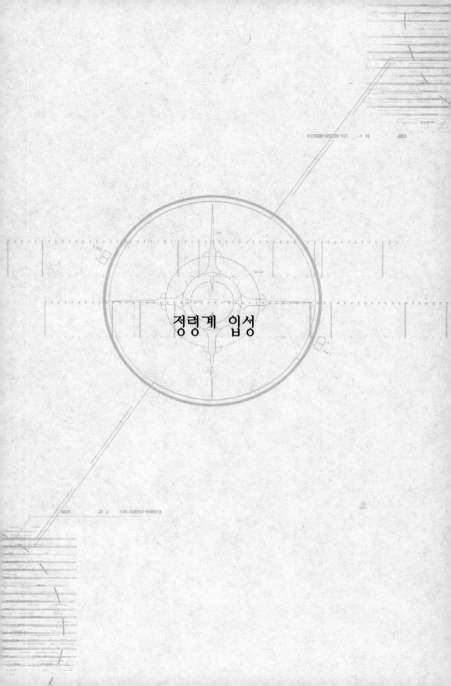

정령계 입성

Taming
Master

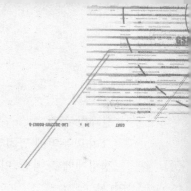

띠링―!

―새로운 차원, '정령계'에 입장하셨습니다.

―'정령계' 차원의 차원 타입은 '중간계'입니다.

―이제부터 '초월 레벨'이 적용됩니다.

―지상계에서 얻은 모든 능력치에 비례하여 초월 능력치가 설정됩니다.

―현재 '이안'님의 초월 레벨은 Lv.3입니다.

―'용사의 자격'을 얻을 때까지 초월 레벨의 레벨 업이 제한됩니다

(Lv.10을 초과하여 올릴 수 없습니다).

―정령들의 고향, 정령계를 발견하셨습니다.

―정령 마력(초월)이 10만큼 증가합니다.

―소환 마력(초월)이 30만큼 증가합니다.

……후략……

상쾌한 공기.

그리고 눈앞에 펼쳐진 푸르른 초목들.

정령계에 도착한 이안은 양팔을 쭉 펼치며 심호흡을 하였다.

"후아, 여기가 정령계……!"

이안은 눈앞에 떠오른 시스템 메시지들을 빠르게 스캔하였다.

'정령계도 역시 중간계에 속하는 곳이었어. 그나저나…….'

이안의 눈이 무언가를 찾아 아래위로 빠르게 움직였다.

그리고 잠시 후, 그는 적잖이 당황한 표정이 되어 버렸다.

"뭐야, 최초 발견 왜 없어……?"

당연히 떠오를 줄 알았던 최초 발견 버프와 보상이 눈 씻고 찾아봐도 없었기 때문이었다.

'뭐지?'

이안은 황급히 사방을 둘러보았다.

누군가 자신보다 먼저 이 공간에 들어온 이가 있는지 찾아보기 위해서였다.

하지만 이 드넓은 맵에서, 누군가를 발견할 수 있을 리는 없었다.

'대체 누굴까. 샤크란? 아니면, 마계 랭커들?'

이안의 미간이 살짝 찌푸려졌다.

최초 발견 보상이 없다고 해서 엄청난 타격을 입었다고는 할 수 없었지만, 생각했던 계획이 처음부터 어긋나자 기분이 상한 것이다.

　'내가 너무 안일했어. 여기부터 좀 더 빨리 왔어야 했는데 말이야.'

　사실 이안은 이미 두세 달 전에도 정령계에 입성할 수 있는 조건을 갖추고 있었다.

　정령왕의 퀘스트 조건인 400레벨에 도달한 지가 벌써 세 달 가까이 지난 것이다.

　'후, 세 달이라는 시간이 충분히 길긴 하지만, 그 사이에 누가 여길 찾은 건지 짐작도 안 되는데…….'

　이안은 열심히 머리를 굴려 보았다.

　'아무리 생각해도 나보다 먼저 여길 들어올 만한 인물이 없어. 그나마 가능할 만한 유저가 레비아 님이나 레미르 누나, 그리고 림롱 아니면 샤크란 정도인데…….'

　이안이 알기로 레비아와 레미르는 각자 클래스 티어 상승 퀘스트로 바쁜 상황이었다.

　샤크란이야 알다시피 명계의 어비스에서 신나게 사냥 중일 것이었고, 림롱은 이안에게 당한 대미지를 회복한다고 마계에서 고생 중일 것이었다.

　만약 누군가 정령계에 먼저 입성했다면, 정말 생각지도 못했던 인물이어야 하는 것이다.

그런데 잠시 후……

"……!"

이안의 머릿속에 번뜩 스쳐 지나가는 것이 있었다.

"아, 혹시?"

오래전, 어둠의 신룡 루가릭스와 나눴던 대화가 떠오른 것이다.

'그래, 내가 그때 세웠던 가정이 진짜였다면……!'

당시 루가릭스의 이야기를 들은 이안은 중간계가 전 세계 서버로 이어지는 새로운 개념의 차원계일 것이라 상상했었다.

그리고 그 가정이 정말이었다면, 누군가 이안보다 먼저 정령계에 도착했다 해도 전혀 이상하지 않았다.

한국 서버가 아닌 해외 서버의 랭커들에 대한 정보는 베일에 싸여 있는 경우가 많았기 때문이다.

이쯤 되자 이안은 그때의 가정이 맞다는 확신이 점점 생기기 시작했다.

"이거…… 재밌는데?"

이안의 입가에 기분 좋은 미소가 걸렸다.

콘텐츠를 선점하려던 계획이야 조금 틀어졌지만, 결과적으로 더욱 재밌는 상황이 된 것이다.

"어쩌면 이편이, 더 흥미진진할지도……."

씨익 웃은 이안이, 한 발짝 걸음을 떼었다.

대략적인 상황이 파악되었으니 이제 부지런히 움직일 시

간이었다.

그런데 바로 그때…….

띠링─!

이안의 눈앞에 새로운 시스템 메시지가 떠올랐다.

─'정령들의 친구 I' 퀘스트가 발동합니다.

### '정령들의 친구 I'(직업 퀘스트)

오랜 옛날, 소환술사는 정령들의 가장 좋은 친구다.

하지만 정령계가 기계문명에 잠식당한 뒤, 힘을 잃은 정령들은 더 이상 차원의 벽을 넘을 수 없게 되어 버렸다.

정령들은 지금, 오랜 친구의 도움이 필요하다.

'순록의 숲'에 있는 '서리동굴'을 찾도록 하자.

서리동굴의 깊숙한 곳에, 고대의 소환술사가 남겨 놓은 유산이 잠들어 있다.

유산을 찾고 그 힘을 받아들이면, 기계문명과 싸울 힘이 생길 것이다.

**퀘스트 난이도 :** D+

**퀘스트 조건 :** 400레벨 이상의 소환술사 유저.

**제한 시간 :** 없음.

**보상 :** 알 수 없음.

'순록의 숲'은 멀지 않은 곳에 있었다.

퀘스트 창에 쓰여 있는 좌표를 따라가니 30분도 채 걸리지 않아 도착할 수 있었던 것이다.

그나마 30분이 걸린 것도, 이안의 사냥 욕심 때문이었다.

"라이, 도망 못 가게 막아 줘!"

"카르세우스, 브레스!"

정령계는 이안에게, 그야말로 천국이었다.

사냥감은 차고 넘칠 정도로 여기저기 널려 있었으며, 맵 전체에 이안 말고 아무도 없었기 때문이다.

이안은 아직까지 3레벨에 머물러 있는 초월 레벨을 빨리 10까지 올리고 싶었다.

'그래야 용사의 마을인지 뭔지, 그곳에 대한 실마리가 잡힐 테니까.'

하지만 초월 레벨을 올리는 것은 쉽지 않았다.

3레벨에서 4레벨을 올리는 것이, 일반 레벨 300레벨대에서 1업 하는 것보다 더 힘든 수준이었던 것이다.

그나마 3레벨까지는 올릴 만했지만, 4레벨부터는 정말 지옥이었다.

그것과 별개로, 이안의 파티에는 약간의 변화가 생겼다.

정말 오랜만에 '쨱이'가 파티원으로 합류한 것이다.

"쨱, 째잭-!"

**쨱이(전격의 정령)**

정령력 : 57/5,000        **속성 : 전격**

등급 : 중급 정령

소환 지속 시간 : 525분 (재소환 대기 시간 : 800분)
공격력 : 427                          방어력 : 218
민첩성 : 511                          생명력 : 8,250
*정령력이 Max가 되면 상위 정령으로 진화한다.
(전격 속성을 필요로 하는 소환 마법을 사용할 때마다 일정량의 정령력
이 차오른다.)
*소환술사의 소환 마력이 높을수록 정령의 소환 지속 시간이 길어진다.
고유 능력 : 충전
*전격 속성의 정령 마법으로 입힌 피해량의 10퍼센트를 생명력으로 빼
앗아 온다.

　이안이 쨱이를 처음 소환했던 이유는, 단순히 이곳이 '정
령계'였기 때문이었다.

　어쨌든 이곳은 쨱이의 고향이었고, 때문에 생각나서 한번
소환해 본 것이었다.

　하지만 쨱이를 소환한 이안은 생각지도 못했던 부분에 놀
랄 수밖에 없었다.

　정령계에서 소환했기 때문인지, 정체되어 있던 쨱이의 '정
령력'이 조금씩 오르기 시작한 것이다.

　게다가 이전까지는 쨱이에게 '없던 것'도 생겨났다.

　'쨱이에게 전투력이란 게 생겼어!'

　원래 지상계에서 정령의 역할은 단지 정령 마법을 쓸 수
있게 해 주는 매개체에 불과한 것이었다.

　한데 정령계에서 소환된 쨱이에게는 공격력부터 시작해서

생명력까지, 전투에 필요한 모든 능력이 다 갖춰져 있었다.

심지어 쩍이는 다른 소환수들과 비교해도 전혀 꿀리지 않을 정도로 강력했다.

지지직-!

하늘로 솟아오른 쩍이가 날개를 펼치자, 강력한 전류가 일직선으로 뿜어져 나왔다.

그리고 그것에 격중당한 정령의 생명력 게이지가 뭉텅이로 깎여 나갔다.

띠링-!

-정령 '쩍이'가 '오염된 실프'에게 치명적인 피해를 입혔습니다!

-'오염된 실프'의 생명력이 274만큼 감소합니다.

-'오염된 실프'가 '마비' 상태에 빠졌습니다.

'274'라는 대미지 수치는, 일견 너무 약해 보일지도 모른다.

하지만 여기는 중간계였고, 초월 능력치가 적용된 상태다.

때문에 274정도의 대미지면 이안 파티의 평균 언저리는 되는 수치였다.

지상계에서 아무런 도움이 되지 않던 것을 생각하면, 그야말로 장족의 발전이라 할 수 있는 것이다.

쩍이의 공격이 명중된 것을 확인한 이안이 재빨리 전방을 향해 튀어 나갔다.

타탓-!

이어서 이안의 신형이, 도망치는 '실프'의 뒤를 쫓기 시작했다.

"어딜!"

'오염된'이라는 수식어 때문인지 회백색의 색깔을 띠고 있었지만, 실프는 바람의 정령이었다.

그리고 바람의 정령답게 실프는 빨랐다.

'하지만 마비가 걸렸다면 얘기가 다르지.'

이안의 창이 잔상을 남길 정도로 빠르게 전방을 수놓았다.

그러자 정확히 그 끝에 관통당한 정령들이 힘없이 바닥에 쓰러졌다.

끄에엑-!

이어서 이안의 시야에 간결한 시스템 메시지가 떠올랐다.

띠링-!

-'오염된 실프'에게 치명적인 피해를 입혔습니다!

-'오염된 실프'를 성공적으로 처치하였습니다.

-초월 경험치를 6만큼 획득하셨습니다.

-정령 마력을 획득할 수 없습니다.

벌써 이 '오염된 실프'라는 녀석만 수십 마리 넘게 처치한 이안.

기분 좋은지 어깨에 내려앉아 날개를 부비적거리는 쩍이를 보며, 이안은 기분 좋은 미소를 지었다.

"잘했어, 쩍이."

쩍, 째잭-!

그런데 떠오르는 메시지를 확인할 때마다 이안의 눈에 거슬리는 부분이 한 줄 있었다.

'대체 저 마지막 메시지는 왜 뜨는 걸까?'

오염됨 정령을 처치할 때마다 서너 번에 한 번 정도는 떠오르는 이상한 메시지.

정령 마력을 획득할 수 없다는 내용의 메시지를 보며, 이안은 고개를 갸우뚱하였다.

'카일란에서 그냥 뜨는 메시지는 없어. 저게 뜬다는 이유는 뭔가 조건을 충족한다면 정령 마력을 획득할 수 있다는 얘기겠지.'

처음 한두 번은 무시했지만, 계속 메시지가 떠오르자 이안은 궁금증을 참을 수 없었다.

'오랜만에 설명 창을 한번 띄워 볼까?'

소환술사의 수많은 직업 스텟 중 유일하게 정령과 관련이 있는 두 가지의 능력치.

이안은 잠시 쉴 겸 스텟 설명 창을 확인해 보기로 했다.

'거의 잊고 있었던 스텟들인데…….'

이어서 이안의 눈앞에 두 개의 설명 창이 스르륵 하고 떠올랐다.

**정령 마력**

정령을 소환하여 부리는 데 필요한 능력치입니다.

강력한 정령을 소환하거나 소환한 정령을 오래 유지할수록, 더 많은 정령 마력이 필요합니다.

*레벨 업과 무관한 능력치입니다.

*정령술의 숙련도가 높아질수록 정령 마력도 강해집니다.

### 소환 마력

소환한 정령의 힘에 영향을 주는 능력치입니다.

소환술사의 소환 마력이 강력할수록, 소환한 정령은 더 강력한 힘을 발휘합니다.

*레벨 업과 무관한 능력치입니다.

*정령술의 숙련도가 높아질수록, 정령 마력도 강해집니다.

정령 마력과 소환 마력은 소환술사 초기에 이안이 아주 유용하게 사용했던 능력치들이었다.

하지만 레벨이 오를수록 효율이 떨어져, 이제는 더 이상 사용하지 않고 있는 능력치들이기도 했다.

설명 창에 쓰여 있듯, 정령 마력과 소환 마력은 레벨 업으로 올릴 수 있는 능력치가 아니었으니 말이다.

'한 300레벨쯤 되었을 때부터는 아예 쓸 일이 없어진 능력치들이었지.'

그런데 오랜만에 설명 창을 읽어 보던 이안은 의아한 점을 발견했다.

"……?"

이안이 놀란 이유는 다른 것이 아니었다.

두 스텟 설명의 가장 아래에 쓰인 한 줄의 간결한 문구.

'정령술'의 숙련도가 높아질수록, 해당 능력치가 강해진다는 부분을 발견했기 때문이었다.

'어? 이런 설명은 원래 없었는데…….'

사실 정령 마력과 소환 마력은 올릴 방법이 거의 없는 능력치였다.

두 능력치를 올릴 수 있는 유일한 방법은 '소환술사의 탑'에 등재되어 있는 몇몇 직업 퀘스트를 클리어하는 것뿐.

한데 오랜만에 확인한 스텟의 설명 창에는 두 스텟을 상승시킬 수 있는 새로운 방법이 쓰여 있었다.

'정령술……의 숙련도를 올리라고?'

이안은 더욱 어이없는 표정이 되어 버렸다.

그는 지금까지 '정령술'이라는 개념이 있는지조차 몰랐으니 말이다.

물론 '정령을 활용한 전투' 자체를 '정령술'이라는 말로 표현하기는 하지만, 게임 시스템 내에 그런 개념이 있지는 않았던 것이다.

'대체 뭘까? 정령계 퀘스트를 진행하다 보면 어떻게 된 건지 알 수 있으려나?'

지금 짐작할 수 있는 건, 이 두 스텟의 설명창이 바뀐 시점이 '정령계'를 발견하고 난 이후일 것이라는 정도.

'정령술이라……. 일단 그걸 배울 방법부터 찾아야겠군.'

생각이 정리된 이안은, 쉴 새 없이 몰아치던 사냥을 중지시켰다.

"얘들아, 사냥 중지! 모여!"

그러자 맵 곳곳에 흩어져 '오염된 정령'을 학살하던 이안의 소환수들이 후다닥 이안의 곁으로 돌아왔다.

"주인, 무슨 일이냐뿍? 아직 사냥 시작한 지 1시간도 안 지났다뿍."

"크릉, 뭔가 불안하다. 주인이 이렇게 일찍 사냥 접는 건 본 적이 없다."

꾸룩- 꾸루룩-!

소환수들의 표정은 하나같이 불신(?)에 차 있었다.

한 번 시작하면 최소 반나절은 이어지는 사냥 지옥이 너무 금방 끝났기 때문이다.

불안해하는 소환수들을 한차례 둘러본 이안이, 천천히 입을 열었다.

"자, 지금부터 미션을 주겠다."

"뿌뿍?"

"무슨 미션요, 아빠?"

이안은 창대를 들어 드넓은 '순록의 숲' 맵의 전역을 획 하고 가리켰다.

"이 맵 안에 '서리동굴'이라는 던전이 있다고 하거든?"

꿀꺽.

조용한 가운데 누군가의 침 삼키는 소리가 울려 퍼졌고, 이안의 말이 다시 이어졌다.

"지금부터 30분 주겠다. 30분 내로 '서리동굴'의 입구를 찾아, 좌표를 찍어 오도록."

"……!"

"그리고 가장 먼저 서리동굴을 찾은 친구에게는 2시간짜리 자유 사냥 열외권을 주겠다."

이안이 말한 '자유 사냥'이란, 특별한 퀘스트가 없을 때 항상 해 왔던 '사냥 노가다'를 의미했다.

심지어 이안이 로그아웃해 있을 때도 진행해야 하는 게 이 '자유 사냥'이었으니, 이것은 소환수들에게 있어 엄청난 특혜라고 할 수 있었다.

"2시간이나?"

"뿍! 내가 찾을 거다뿍!"

"뿍뿍이, 넌 느려서 안 될걸?"

꾸루룩- 꾸꾹!

때문에 이안의 말이 끝나자마자, 그 앞에 모여 있던 소환수들은 일제히 사방으로 흩어졌다.

"이 바보야, 너 때문에 이 언니가 이렇게 고생해야겠니?"

Taming Master
테이밍마스터

"우쒸, 바람의 평원 난이도가 그렇게 높을 줄 몰랐지!"

"어우. 역시 그냥 '순록의 숲'부터 가는 게 옳은 판단이었는데……."

새하얀 은발에 에메랄드빛의 헐렁한 로브.

그리고 로브만큼이나 푸른 빛깔을 띤 그린드래곤에 올라탄 쌍둥이 자매는 연신 투덜거리며 어디론가 향하고 있었다.

"그나저나 좌표는 알고 가는 거지, 바네사?"

"그럼! 당연하지. 이 언니가 날 뭘로 보고……!"

"뭐로 보긴, 뭐로 봐. 길치로 보지."

"우쒸……!"

티격태격하는 두 자매의 대화가 시끄러웠던지, 그들을 태운 드래곤이 나직한 목소리로 입을 열었다.

─걱정 마라, 사라. 주인은 믿을 수 없겠지만, 내가 좌표를 알고 있다.

"뭐, 그렇다면……. 믿어도 되겠네."

"뭐라고? 코르투스, 너까지 정말 이럴 거야?!"

정겨운(?) 대화와는 별개로, 드래곤의 비행 속도는 무척이나 빠른 편이었다.

때문에 잠시 후 자매는 목적지였던 순록의 숲에 도착할 수 있었다.

"웃차!"

순록의 숲 입구에 도착한 자매는 드래곤 코르투스의 등에서 내려왔다.

여기까지는 뻥 뚫린 평원이었기에 코르투스를 타고 편하게 날아왔지만, 이제부터는 그럴 수 없기 때문이었다.

순록의 숲은 하늘에서 땅을 볼 수 없을 정도로 나무가 우거진 울창한 숲이었고, 그들은 순록의 숲 어딘가에 있는 '서리동굴'을 찾아야 했으니 말이다.

"언니, 내가 이쪽으로 움직일 테니까, 언니가 북서쪽 길로 가 볼래?"

"좋아, 바네사. 그럼 찾고 나서 좌표 공유하자고."

순록의 숲에 도착한 둘은 각자 반대 방향으로 걸음을 옮기기 시작하였다.

등장 몬스터의 평균 레벨이 초월 5레벨 정도였던 바람의 평원과는 달리 순록의 숲에 등장하는 정령들의 레벨은 높아 봐야 3 정도였으니, 따로 움직여도 큰 부담이 될 것은 없었다.

하지만 잠시 후, 반대편으로 움직이던 두 사람은 다시 모이게 되었다.


-바네사 : 언니! 언니!


바네사의 촐싹 맞은 메시지에, 사라의 두 눈이 휘둥그레졌다.

'뭐지? 얘가 서리동굴을 벌써 찾은 건가?'

헤어진 지 아직 3분 정도밖에 지나지 않았는데 벌써 메시지가 오니, 당황할 수밖에 없는 것이었다.

하지만 대화가 이어질수록 사라는 더욱 놀랄 수밖에 없었다.

－사라 : 뭐야, 바네사. 벌써 찾은 거야?

－바네사 : 아니, 그건 아닌데.

－사라 : 그럼 왜 메시지 보낸 건데?

－바네사 : 순록의 숲 안에, 우리 말고 누군가 있는 것 같아.

－사라 : ……?

－바네사 : 동쪽으로 움직일수록, 소멸한 정령의 흔적이 많아지고 있어.

－사라 : 바네사, 거기서 움직이지 말고 기다려! 내가 곧바로 그쪽으로 갈 테니까.

－바네사 : 알겠어, 언니.

1:1메시지 창을 끈 사라는, 곧바로 완드를 치켜들며 마법을 캐스팅하기 시작했다.

우우웅－!

동생인 바네사와는 다르게 마법사 클래스인 그녀는 좌표만 있다면 텔레포트 마법을 이용해 어디든지 이동할 수 있었으니 말이다.

물론 텔레포트를 사용해 던전 안이나 다른 차원으로 이동하는 것은 불가능했지만, 지금 두 사람은 같은 맵에 있었으니 문제될 것이 없었다.

슈우웅-!

새하얀 빛에 휩싸인 사라의 신형이 허공에 부서지며 순식간에 사라졌다.

띠링-!

-'서리동굴' 던전에 입장하셨습니다.

-서리동굴의 한기로 인해 체온이 급격히 내려갑니다.

-'냉기 저항'이 10만큼 감소합니다.

-'냉기' 속성 공격의 위력이 5퍼센트만큼 증가합니다.

서리동굴에 입장한 이안의 눈앞에 서너 줄의 간결한 시스템 메시지가 떠올랐다.

그리고 그걸 확인한 이안의 두 눈에 이채가 어렸다.

'역시 여기도 최초 발견이 아니군.'

이안은 한국 서버의 랭킹 1위 유저이다.

그리고 LB사에서 공개하지 않기에 정확히 알 수는 없겠지만, 전 세계의 모든 서버를 통틀어도 절대로 꿇리지 않는 최상위 랭커일 것이었다.

하지만 한국 서버가 아닌 다른 서버에는 각 서버마다 이안과 비견될 랭커들이 두셋 정도는 존재할 것이다.

한국 서버와 서버가 동시에 열린 나라들은 물론, 조금 늦게 서버가 열린 나라들조차 이제 격차를 거의 메웠으니 말이다.

때문에 '중간계' 콘텐츠를 타국 서버와 공유한다는 게 사실이라면, 정령계에 이미 여럿의 유저가 들어와 있다 하더라도 이상할 것이 없었다.

이안은 400레벨이 된 지 거의 세 달 만에 이곳에 입성했으니 말이다.

'한가롭게 사냥이나 하고 있을 때가 아니었어. 정령계에 가장 빨리 들어온 놈이 언제 들어왔는지는 알 수 없지만, 어떻게든 놈을 따라잡아야지.'

물론 이안의 사냥은 '한가롭다'라고 표현할 만한 성질의 것이 아니었다.

단지 이안 본인만이 그렇게 생각하고 있을 뿐이었다.

짹- 째잭-!

어깨에 앉아 기분 좋게 재잘거리는 짹이를 보며, 이안이 피식 웃었다.

"고향에 돌아오니 기분 좋은 모양이구나."

짹- 째재잭-!

"기계문명인지 뭔지, 지금부터 차근차근 때려잡아 보자고."

째재잭-!

짹이와 결의를 다진 이안은, 진지하기 그지없는 표정으로 걸음을 옮기기 시작했다.

그리고 열 걸음을 떼기도 전, 이안의 눈앞에 새로운 시스템 메시지가 떠올랐다.

띠링-!

-'정령들의 친구 I' 퀘스트를 완료하셨습니다.

-연계 퀘스트가 발동합니다.

### '정령들의 친구 II(직업 퀘스트)

과거 순록의 숲에는 '라오쿤'이라는 숲지기가 살았다.

정령신의 권능 일부를 이어받은 라오쿤은 태초부터 존재했던 정령이며, 그의 임무는 정령계를 수호하는 것이었다.

하지만 정령계를 침략한 기계문명은 너무도 막강한 힘을 가지고 있었다.

결국 정령들은 패배하였고, 순록의 숲에서 끝까지 항전하던 라오쿤은 자신과 계약한 정령술사를 지키기 위해 신이 남긴 마지막 권능을 발현하였다.

감당할 수 없는 힘을 사용한 라오쿤은 소멸하였지만, 덕분에 '순록의 숲'에는 자연의 힘이 보존될 수 있었다.

그리고 이 '서리동굴'이 바로 라오쿤이 신의 권능을 발현하며 생겨난 인위적인 빙하동굴이다.

서리동굴의 최하층에는 라오쿤의 정령술사 '판'의 유산이 남아 있다.

만약 당신이 판이 남긴 시험을 전부 통과한다면 그의 유산을 얻을 수 있을 것이다.

판의 시험을 통과하고 그의 유산을 얻어 기계문명으로 인해 고통 받는 정령계를 돕도록 하자.

**퀘스트 난이도 : C**

**퀘스트 조건 : 파티에 400레벨 이상의 소환술사 유저 포함.**

**제한 시간 : 없음**

**보상 : '정령술' 스킬 습득(소환술사 클래스가 아닌 경우, 다른 보상을 획득합니다). ???**

이안은 무척이나 흥미로운 표정으로, 퀘스트의 내용을 쭉 읽어 내려갔다.

'기계문명이라…… 뭔가 낯이 익다 했더니, 정령왕 엘리샤한테 들었던 단어였군.'

처음 이안에게 '정령계'라는 차원의 존재를 알려 준 NPC.

물의 정령왕 엘리샤를 떠올린 이안이 씨익 웃었다.

그녀로부터 느껴졌었던, 강력한 힘이 떠오른 탓이었다.

'정령계 퀘를 전부 깨고 나면, 정령왕이라도 얻을 수 있게 되는 건가?'

이런 저런 생각을 하며, 제법 긴 퀘스트 내용을 읽어 내려가는 이안.

그런데 잠시 후, 퀘스트 창의 마지막 부분을 확인한 이안의 두 눈이 커다랗게 확대되었다.

"정령술!"

스텟 설명 창에 쓰여 있던 '정령술'의 정체를 생각보다 일찍 발견했기 때문이었다.

'첫 번째 신규 콘텐츠의 등장인가?'

던전에 진입하는 이안의 걸음걸이가 한층 더 빨라졌다.

소환술사 클래스의 새로운 콘텐츠는 정말 오랜만이었기 때문에, 한시라도 빨리 퀘스트를 클리어하고 싶었던 것이다.

'그나저나 최상층이어서 그런가? 몬스터가 왜 하나도 없는 거지?'

이안은 긴장을 늦추지 않은 채, 던전 곳곳을 주시하며 조심스레 이동하였다.

빨리 움직이는 것과 성급히 움직이는 것은, 엄연히 다른 개념이었다.

그런데 바로 그때였다.

뽀드득-!

또렷한 발소리가 던전 안에 울려 퍼졌다.

서리동굴 안이 온통 눈으로 뒤덮여 있었기 때문에 발소리가 제법 크게 난 것이다.

"……!"

당연한 이야기겠지만, 이안 일행의 시선은 일제히 소리가 난 곳을 향해 움직였다.

그리고 그곳에서 무언가를 발견한 이안은, 저도 모르게 헛바람을 들이켰다.

"헉……!"

소리가 난 바로 그곳에 너무도 낯익은 실루엣이 보였기 때문이었다.

토실토실하고 짧은 네 개의 다리.

그 위에 얹혀 있는 빵빵한 등껍질.

거기에 마지막으로, 무거워 보일 정도로 커다랗고 둥근 머리.

마치 재생되던 영상을 일시 정지 시키기라도 한 듯 이안 일행은 일제히 굳어 버렸다.

'이건 대체…….'

한차례 침을 꿀꺽 삼킨 이안은 눈앞에 나타난 의문의 생명체를 응시하였다.

이안 일행이 놀란 이유는 다른 것이 아니었다.

동굴 안쪽에서 기어나온 생명체의 생김새가 일행의 '누군가'와 너무 비슷했던 것이다.

'뿍뿍이에게 동족(?)이 또 있었다니……!'

자세히 본다면 뿍뿍이와는 약간 생김새가 다른 서리동굴의 거북이.

녀석은 뿍뿍이보다 '약간' 머리가 작았으며, 눈매가 '살짝' 더 둥근 느낌이었다.

하지만 뿍뿍이와 녀석을 구분하는 것은 너무 쉬웠다.

생김새야 거의 비슷했지만, 등껍질의 색상이 완전히 달랐으니 말이다.

녀석의 등껍질은 서리동굴에 쌓여 있는 눈처럼 새하얀 순백의 색이었다.

뽀드득– 뽀드득–.

앙증맞은 발소리와 함께 이안 일행에게 다가온 녀석은, 이안의 발치에 멈춰 섰다.

그리고 앙증맞은 입을 열었다.

"뿍, 너희들은 누구냐뿍?"

그리고 그 순간, 이안은 어이없는 표정이 되어 버렸다.

'말투까지 뿍뿍이랑 똑같다니…….'

피식 웃은 이안은 서리동굴의 거북이를 향해 천천히 입을 열었다.

"나는 소환술사 이안. 여기는 내 소환수들이고……."

소환술사라는 이야기에, 거북은 좀 더 흥미로운 표정이 되었다.

"반갑뿍. 나는 서리동굴의 수호자. 판의 친구인 예뿍이다뿍."

본인을 '예뿍이'이라 소개하는 거북이를 보며, 이안은 어이없는 표정이 되었다.

"예뿍이? 그건 누가 지어 준 이름이야?"

"당연히 나의 친구, '판'이 지어 준 이름이다뿍."

"……."

이안은 예뿍이의 면면을 다시 한 번 자세히 살펴보았다.

'혹시 이 녀석, 암컷인가……?'

하지만 눈을 씻고 살펴보아도, 성별을 알아낼 수 있는 단서는 찾을 수 없었다.

고개를 절레절레 저은 이안은 뿍뿍이와 새로운 친구를 번갈아 응시하며 입을 열었다.

"뿍뿍아, 너 친구 생긴 것 같은데?"

하지만 이안의 말에도 뿍뿍이는 아무런 미동조차 하지 않고 자리에 굳어 있었다.

"뿍뿍아, 뭐해?"

이안은 뿍뿍이의 눈앞에 손가락을 흔들어 보았지만, 그조차도 아무런 소용이 없었다.

뿍뿍이의 강렬한 눈빛은, 예뿍이에게 고정되어 있었으니 말이다.

그리고 그 모습을 보며, 이안은 예뿍이의 성별을 확신할 수 있었다.

'역시 암컷이었어. 그리고 우리 뿍뿍이는……. 반해 버린 것 같군.'

뿍뿍이의 흔들리는 눈망울.

긴장했는지, 잔뜩 경직되어 있는 등껍질.

잠시 동안 석상처럼 가만히 있던 뿍뿍이가 떨리는 목소리로 입을 열었다.

"예뿍이……. 예뿍."

그리고 뿍뿍이의 찬사를 들은 예뿍이는 한껏 도도한 표정을 지어 보였다.

"뿌뿍. 뭘 좀 아는 거북이다뿍."

서리동굴에서 예뿍이의 역할은, 동굴에 들어선 유저들을

'판의 시험 관문'까지 안내해 주는 것이었다.

쉽게 말해 그녀(?)는 이 서리동굴의 가디언 같은 존재였다.

그리고 오래 지나지 않아 이안은 첫 번째 관문으로 보이는 곳에 도착할 수 있었다.

뿌뿍.

이안의 앞에 멈춰 선 예뿍이가 이안을 향해 입을 열었다.

"이안, 너는 정령에 대해 얼마나 알고 있냐뿍?"

예뿍이의 질문에, 이안은 뒷머리를 긁적이며 대답했다.

"글쎄. 솔직히 아직은 아는 게 별로 없지. 내가 키워 본 정령은, 여기 쩍이가 전부니까 말이야."

이안이 어깨에 앉아 있는 쩍이를 가리키며 말하자, 예뿍이가 고개를 끄덕이며 말을 이었다.

"뿍……. 그렇다면, 역시 첫 번째 관문부터 도전하는 게 맞겠뿍."

뿍- 뽀드득- 뿍-.

새하얀 눈에 떠올라 있는 보랏빛의 결계.

그리고 그 바로 오른쪽에 솟아 있는 낡은 석상.

그 앞으로 다가간 예뿍이가 석상의 옆면에 발바닥을 대었다.

그러자 놀랍게도, 결계의 한 구석에 게이트가 생겨나기 시작했다.

그긍- 그그긍-.

이어서 예뿍이의 입이 떨어졌다.

"첫 번째 관문에 들어가기 전, 주의사항을 몇 가지 알려 주겠뿍."

"음⋯⋯?"

자연스레 게이트를 향해 이동하던 이안은, 걸음을 멈추고 예뿍이를 향해 고개를 돌렸다.

그러자 예뿍이가 다시 말을 이어 갔다.

"우선 첫 번째. 이 관문 안에서는 어떤 소환수도 소환할 수 없뿍."

"정령도?"

"그렇뿍."

"흐으음⋯⋯."

이안의 표정이 살짝 구겨졌다.

어쨌든 소환수를 활용할 수 없다는 것은, 이안에게 있어서 치명적인 페널티이니 말이다.

"그리고 두 번째. 관문에 도전할 수 있는 기회는 단 한 번뿐이며, 관문의 숫자는 총 세 개다뿍."

"실패하면 다시는 도전할 수 없는 거야?"

"그렇뿍."

잠시 뜸을 들인 예뿍이는, 주변을 슬쩍 둘러보았다.

그리고 천천히 다시 입을 열었다.

"마지막으로⋯⋯. 이 관문은 최대 다섯 명까지 파티로 도전할 수 있다뿍."

"흠……?"

"하지만 도전 인원과 관문의 난이도는 무관하다뿍."

"그러니까, 혼자 도전하면 불리하다는 말을 하고 싶은 거지?"

"맞다뿍. 똑똑한 인간이다뿍."

예뿍이의 설명을 들은 이안은, 잠시 고민에 빠졌다.

'으음, 어떡하지……?'

만약 예뿍이의 주의 사항 중 두 번째 항목이 없었더라면 이안은 망설임 없이 혼자 관문에 들어갔을 것이다.

어쨌든 퀘스트 난이도가 C등급에 불과했으니, 혼자서도 충분한 자신감이 있었던 것이다.

하지만 관문에 도전할 수 있는 기회가 단 한 번이라는 이야기를 듣자, 아무리 이안이라도 신중할 수밖에 없었다.

'잠깐 차원 포털 열어서 애들 좀 데려와야 하나?'

이안의 머릿속에, 순간적으로 떠오르는 몇몇 인물들이 있었다.

이안이 부르기만 한다면, 당장에라도 달려와 줄 세 명의 추종자(?)들.

훈이와 카노엘, 그리고 유신이라면 아마 이안이 부르는 즉시 하던 일도 멈추고 와 줄 것이었다.

'쩝……. 그래. 뭐, 솔플이 편하기는 하지만, 굳이 리스크

Taming
Master
테이밍마스터

를 안고 갈 필요는 없겠지.'

생각을 정리한 이안은, 차원의 포털을 열기 위해 인벤토리에서 구슬을 꺼내었다.

하지만 그의 행동은 거기서 더 이어질 수 없었다.

구슬을 꺼내어 손에 쥔 순간, 뒤쪽에서 낯선 목소리가 들려왔기 때문이었다.

"자, 잠깐!"

그리고 그 즉시, 예뿍이와 이안의 시선이 소리가 난 방향을 향해 돌아갔다.

더해서 이안은, 언제든 전투할 수 있도록 창대에 손을 가져갔다.

들려온 목소리는 분명 인간의 목소리.

정황상 유저일 확률이 높았고, 그렇다면 타국 서버의 유저일 테니 말이다.

물론 타 서버 유저가 딱히 이안을 적대할 이유는 없었지만, 조심해서 나쁠 건 없었다.

그리고 잠시 후.

"헥, 헥."

"후아, 달려오길 잘했잖아?"

똑 닮은 모습을 한 두 명의 여인이 이안의 앞에 나타났다.

이안은 여전히 긴장을 풀지 않은 채 두 여인의 면면을 살펴보았다.

'쌍둥이? 혹시 NPC는 아니겠지?'

이안은 두 여인 중, 소환술사인 듯 보이는 여자를 향해 입을 열었다.

"누구……?"

그런데 여자의 입에서 흘러나온 말은, 이안이 생각지도 못했던 것이었다.

"어라? 날 모르는 사람이 있네? 혹시 유저가 아닌가?"

"……?"

순간 어이없는 표정이 된 이안.

하지만 그런 이안과는 별개로, 두 여자는 재잘거리며 떠들기 시작했다.

"바네사, 너 바보야?"

"내가 또 왜?"

"아니, 지금 저 사람, 퀘스트하고 있는 거 안 보여? 넌 퀘스트 하는 NPC도 봤어?"

"어……. 생각해 보니 그러네."

이안은 멍한 표정으로 두 여자의 대화를 지켜봤고, 두 여자는 계속해서 말을 이었다.

"근데 언니, 유저가 어떻게 우릴 모를 수 있지?"

"그러게. 그건 나도 궁금하네."

대화가 이어질수록 더욱 어이가 없어진 이안은, 결국 두 사람의 대화에 끼어들었다.

"저기……."

"응?"

"모든 유저가 당신들을 알 것이라고 생각하는 건……. 대체 어디서 나온 자신감이야?"

그리고 이안의 질문이 의외였었는지, 바네사는 순간 말문이 막혀 버렸다.

"그, 그야……."

대신 그녀의 옆에 있던 쌍둥이 언니인 사라가 이안을 향해 입을 열었다.

"그야 여기 애가 랭킹 4위고."

"……?"

"나는 랭킹 7위니까."

"음……."

"적어도 독일에서 랭커 듀오 '사라와 바네사'를 모르는 유저는 없을걸?"

그리고 그녀의 마지막 말이 끝난 순간, 그제야 이안은 그들의 자신감이 이해되었다.

'아……. 이 친구들이 독일 서버의 랭커들이었나 보네. 하긴, 이렇게 눈이 띄는 복장에 쌍둥이 자매가 각각 랭킹 4, 7위면 독일에서는 못 알아보는 사람이 없을 수도 있겠군.'

너무 갑작스러운 등장에 미처 생각하지 못했던, 타국 서버의 유저를 만날 수도 있다는 가정.

'그나저나 쟤들이 독일 사람이라면……. 대체 나랑 말이 어떻게 통하는 거지? 카일란 시스템 자체적으로 동시통역 기능이라도 있는 건가?'

이안은 LB사의 기술력에 다시 한 번 감탄했다.

하지만 그것도 잠깐뿐.

당장에 이 자매에 대한 판단을 내리는 게 더 중요했다.

'자, 일단 PK 가부可좀부터 확인해 볼까?'

사라와 바네사가 독일 서버에서는 유명할지 몰라도 이안으로서는 생판 처음 보는 사람들이다.

그녀들의 성향이 어떤지 이안은 전혀 모른다는 이야기다.

때문에 가장 먼저 확인해야 할 것이 PK가 가능한지 불가한지 여부를 확인하는 것이었다.

이안은 가까운 위치에 있는 바네사에게 가벼운 디버프 스킬을 슬쩍 걸어 보았다.

─소환수 '엘카릭스'의 마법, '슬로우'를 발동하였습니다.

─'디버프'를 사용할 수 없는 대상입니다.

'흠, 일단 유저 간 PK는 안 되는 것 같고…….'

이안의 입꼬리가 슬쩍 말려 올라갔다.

PK가 불가능하다면, 이 쌍둥이 자매의 활용도가 무궁무진해지기 때문이다.

'좋아. 한동안 애들이랑 같이 다녀 볼까?'

이안은 기분이 좋아졌다.

이 자매를 잘 구슬리면, 새로운 노동력(?)을 창출할 수 있을 것 같았기 때문이다.

굳이 훈이나 노엘이를 불러올 이유가 없어진 것이다.

그리고 생각이 정리되고 나자, 이안의 머리가 빠르게 회전하기 시작했다.

'지금 쟤들 대화 내용으로 봐선……. 아마도 중간계의 비밀을 모르고 있는 것 같지?'

사라와 바네사는 이안이 '당연히' 독일 사람일 것이라 생각하고 있었다.

이 말인 즉, 정령계가 통합 서버를 기반으로 한다는 사실을 아직 모른다는 이야기다.

그렇다면 이안은, 자신만이 아는 정보를 굳이 저들이 알게 해 줄 필요가 없다고 생각했다.

이안은 능청을 떨며, 연기를 시작했다.

"아, 그래? 너희들이 랭킹 4위, 7위라고?"

짐짓 놀란 표정을 지어 보이며, 두 여자를 번갈아 보는 이안.

그 반응이 마음에 들었는지 바네사가 우쭐한 표정으로 고개를 끄덕였다.

"그렇다니까? 심지어 나는 소환술사 랭킹 1위라고!"

"오오!"

정말 놀랐다는 듯 이안은 눈까지 크게 뜨며 바네사의 말에

리액션했다.

사라와 바네사는 신나서 자신들에 대해 떠들기 시작했고, 이안은 그에 열심히 맞장구를 쳐 주었다.

"그런데 우릴 어떻게 모를 수가 있어?"

"그러게. 게다가 정령계에 들어왔을 정도면……. 너도 상당한 랭커일 텐데 말이야."

"아, 나는 항상 혼자 게임해 왔거든."

"오. 그래?"

"그리고 다시 생각해 보니까, 너희 이름을 들어 봤던 것도 같아."

"역시! 그럴 줄 알았어!"

그런데 잠시 후, 멀뚱히 그들을 응시하던 예뿍이가 이안의 다리를 툭툭 건드렸다.

대화를 듣다가 지루해진 모양이었다.

"그래서 이안, 이들이랑 같이 도전할 거냐뿍."

그런데 예뿍이의 질문에 대답한 것은 이안이 아니었다.

어느새 이안과 친해진 두 자매가 먼저 입을 연 것이다.

"그렇지, 이안? 우리랑 파티 할 거지?"

"언니는 당연한 얘길 하고 있어! 우리가 캐리해 줄 텐데, 이안은 당연히 함께하고 싶을걸?"

그렇게 두 자매는, 이안의 마수에 빠지고 말았다.

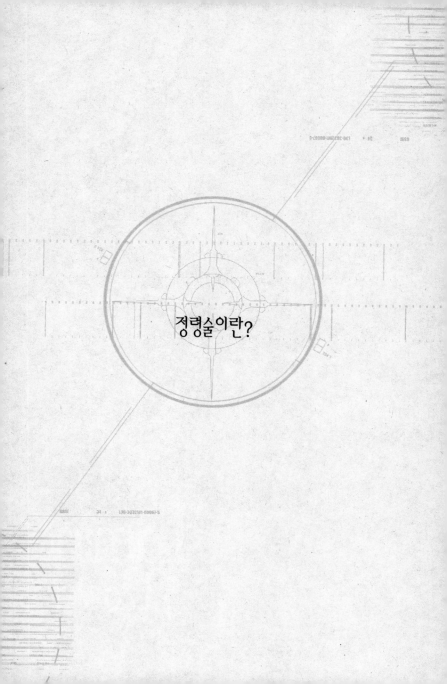

정령술이란?

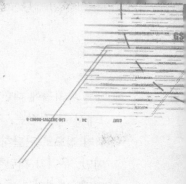

이안은 유명하다.

그리고 그것은 비단 한국에서만의 일이 아니다.

세계 각국의 카일란 팬들 중에는 이안의 팬이 수없이 많았으니 말이다.

하지만 '온도 차이'라는 것은 분명히 존재했다.

한국에선 카일란 유저가 이안을 모른다면 간첩 취급을 받겠지만, 해외 서버에선 그 정도는 아닌 것이다.

적어도 해외 유저들 중에서는 이안을 아는 사람보단 모르는 사람이 훨씬 많다는 이야기다.

그리고 사라와 바네사는 후자에 속하는 유저들이었다.

특히 바네사의 경우 독불장군에 가까운 성격이었기 때문

에 다른 유저들에 대한 관심이 전혀 없었다.

그래서 두 사람은, 이안을 그저 잘 알려지지 않은 소환술사 랭커 정도로 판단하고 있었다.

"이안, 우리가 캐리해 줄 테니까 걱정 말라고!"

"그래. 바네사가 좀 모자라 보여도……. 소환술사 중에서는 최고니까 믿어도 될 거야."

띠링-!

-유저 '바네사'가 파티에 초대합니다.

-현재 파티원 : 바네사 외 1명

-초대를 수락하시겠습니까? (Y/N)

피식 웃은 이안은 흔쾌히 바네사의 파티 초대를 수락하였다.

이 쌍둥이 자매가 적극적으로 나올수록, 부려먹기는 더 편해질 것이었으니까.

특히 독일 서버의 소환술사 랭킹 1위라는 바네사에게는 묘한 호승심도 생겼다.

'소환술사 중에선 최고라……. 뭐, 이제부터 보면 알겠지.'

독일 서버의 경우, 한국 서버보다 3~4개월 정도 늦게 오픈한 서버이다.

그 말인 즉, 후발 클래스인 소환술사의 경우 한국 서버와 시작점이 크게 다르지 않다는 이야기다.

바네사의 상태(?)를 보면, 그 서버의 수준을 어느 정도 짐작할 수 있을 것이었다.

예뿍이를 향해 시선을 돌린 이안이 천천히 입을 열었다.

"좋아. 이 친구들이랑 함께 도전하도록 하겠어."

그러자 예뿍이가 짧은 목을 아래위로 끄덕이며 밝게 웃었다.

"그럼, 행운을 빌겠뿍."

우우웅—!

예뿍이의 말이 끝나자마자, 이안의 앞에 파란 마법진이 펼쳐졌다.

이어서 세 사람은, 망설임 없이 그 안으로 걸음을 옮겼다.

띠링—!

-'판의 첫 번째 관문' 던전에 입장하셨습니다.

-첫 번째 시험이 시작됩니다.

경쾌한 알림음과 함께 떠오르는 두 줄의 시스템 메시지.

새로운 공간에 들어온 세 사람은 빠르게 주변을 살폈다.

시험에 대한 정보가 아무것도 없는 상황이었기 때문에, 한시도 긴장을 놓을 수 없는 것이다.

그런데 그때, 세 사람의 앞에 새하얀 빛의 구체가 하나씩 생성되었다.

"어라?"

"……?"

이안 일행은, 각자 자신 앞에 떠오른 구체를 유심히 살펴보았다.

그 빛의 구체는 옆으로 넓게 펴졌고, 각각 네 개의 그림자로 나뉘어 이안 일행의 앞에 떠올랐다.

놀랍게도 그것은, 각각 다른 형상을 띄고 있었다.

이어서 새로운 시스템 메시지가 추가로 떠오르기 시작했다.

띠링―!

―친구가 될 정령을 선택하세요.

―실프/운디네/샐러맨더/노움.

―정령의 그림자에 손을 대면, 해당 정령의 정보 창을 확인하실 수 있습니다.

―한 번 선택한 정령은 변경하실 수 없습니다.

―선택하신 정령과 함께 모든 관문을 통과해야 하니, 신중히 선택하시길 바랍니다.

―제한 시간 : 358/360초

"음……?"

메시지를 전부 읽은 것인지 사라의 얼굴에 의아함이 떠올랐다.

그리고 놀란 것은 이안도 마찬가지였다.

그 또한 전혀 예상치 못했던 전개였기 때문이다.

하지만 그와 별개로 이안은 흥미가 동했다.

'소환수랑 정령을 일체 소환할 수 없다더니……. 이 때문이었나?'

이안의 머리가 빠르게 회전하기 시작했다.

아직 구체적인 시험의 내용은 알 수 없었지만, 지금까지의 정황만으로도 어느 정도는 유추해 볼 수 있을 것 같았다.

'본래 가지고 있던 소환수와 정령을 일체 사용할 수 없고, 주어진 정령으로 관문을 통과해야 한다라…….'

'판'의 관문이 가진 역할은, 소환술사 유저에게 '정령술'을 습득할 수 있게 해 주는 것이다.

게다가 관문을 통과할 때 함께할 정령까지 임의로 지정해 주는 것이라면, 이안은 이 관문의 역할이 정령술에 대한 이해도와 정령의 운용능력을 시험하는 것일 것이라 추측할 수 있었다.

'키워 놓은 다른 소환수를 가지고 관문을 통과해 버린다면, 정령 운용 능력을 시험할 수 없을 테니 말이야.'

빠르게 머릿속으로 상황을 정리해 본 이안은 바네사를 한 번 응시해 보았다.

그녀 역시 이안과 마찬가지로 네 마리의 정령 앞에서 고민에 빠져 있었다.

하지만 다음 순간…….

"……!"

사라의 앞에 떠오른 네 개의 그림자를 발견한 이안은, 더욱 흥미로운 표정이 될 수밖에 없었다.

마법사 클래스인 사라의 앞에 떠올라 있는 것은, 정령이 아닌 '완드wand'의 형태를 띠고 있었으니 말이다.

사라의 앞으로 다가간 이안이 그녀를 향해 입을 열었다.

"사라, 시스템 메시지 공유 좀 해 줄 수 있어?"

그에 지팡이의 정보를 확인하고 있던 사라가, 고개를 끄덕이며 대답했다.

"물론이야. 잠시만."

그리고 파티 채팅 창에, 사라의 개인 시스템 메시지가 주르륵 떠올랐다.

-사용하실 무기를 선택하세요.

-바람의 지팡이/물의 지팡이/불의 지팡이/땅의 지팡이.

-무기의 그림자에 손을 대면, 해당 무기의 정보 창을 확인하실 수 있습니다.

-한 번 선택한 무기는 변경하실 수 없습니다.

-선택하신 무기를 사용하여 모든 관문을 통과해야 하니, 신중히 선택하시길 바랍니다.

-제한 시간 : 321/360초

"오호!"

사라의 메시지까지 확인한 이안의 눈에 이채가 어렸다.

조금 더 관문에 대한 윤곽이 잡힌 것이다.

'직업에 따른 무기까지 지정해 준 걸 보면, 소환술사의 경우 유저 캐릭터의 개입까지 막을 수도 있겠어.'

마법사인 사라는 무기를 지정해 주었지만, 소환술사인 이안과 바네사의 무기는 지정하지 않았다.

그렇다면 이안과 바네사는, 오로지 정령 컨트롤만으로 관문을 돌파해야 할 가능성이 높아진 것이다.

눈앞에 떠올라 있는 네 마리 정령들을 슬쩍 응시한 이안이, 사라와 바네사를 불러 앉혔다.

"사라, 바네사."

"응?"

"왜 불러?"

"우리 전략을 좀 짜야 할 것 같아."

"……?"

"각자 정령이랑 무기의 정보 창을 확인해 보고, 조합을 맞춰서 선택하는 게 좋을 것 같단 말이야."

이안의 말에, 사라가 고개를 주억거리며 대답했다.

"이안의 말이 맞아. 확실히 조합을 짤 필요가 있어."

하지만 바네사는 뒷머리를 긁적이며 고개를 저었다.

"조합? 하지만 난, 벌써 함께할 친구를 정해 버렸는걸?"

"에……?"

"뭐라고?"

바네사의 대답에, 이안과 사라의 시선이 동시에 그녀를 향했다.

이어서 바네사가 멋쩍은 표정으로 다시 입을 열었다.

"사실 난 샐러맨더가 보자마자 너무 마음에 들었거든."

"하."

"그래서 그냥……. 보자마자 이 친구를 선택해 버렸어."

"……."

바네사가 손짓하자, 한 마리의 도마뱀이 그녀의 앞에 나타났다.

온몸이 불길에 휩싸여 있는, 반원 모양의 커다란 눈을 가진 귀여운 도마뱀.

샐러맨더를 응시한 이안이 고개를 절레절레 저으며 다시 입을 열었다.

"뭐, 이렇게 된 이상 어쩔 수 없지."

이안의 말에, 사라가 의아한 표정으로 물었다.

"음? 어떻게 할 생각인데?"

이안이 피식 웃으며, 사라를 향해 대답했다.

"뭐 어쩌겠어. 바네사가 선택한 샐러맨더에, 우리 조합을 맞춰야지."

"하긴……. 그것 말고는 방법이 없겠네. 휴유."

이안과 사라의 시선이 다시 한 번 동시에 바네사를 향했다.

그에 바네사는 미안했는지 딴청을 피울 뿐이었다.

하지만 지금 일행은 바네사에게 핀잔 줄 시간이 없었다.

이안과 사라의 대화가 다시 이어졌다.

"이제 남은 시간은 4분 정도."

"정확히는 3분 50초야."

"2분 뒤에 다시 얘기하자, 사라."

"알겠어. 그 정도면 충분해."

구체적으로 얘기하지는 않았지만, 사라는 이안이 말한 2분의 의미를 정확히 알아들었다.

이안이 말한 '2분'이란, 각자가 선택할 수 있는 선택지의 구체적인 정보 창을 확인해 본 뒤 남은 시간 동안 의논하여 조합을 짜 보자는 이야기였다.

이안은 먼저, 바네사가 선택했다는 정령인 '샐러맨더'의 정보 창부터 확인해 보았다.

**샐러맨더(화염의 정령)**

**정령력** : 0/200          **속성** : 화염
**등급** : 최하급 정령
**소환 지속 시간** : 250분 (재소환 대기 시간 : 300분)
**공격력** : 135          **방어력** : 75
**민첩성** : 105          **지능** : 155
**생명력** : 2,980
**고유 능력**
\*작은 불꽃 (재사용 대기 시간 25초)
작은 불꽃을 소환하여, 반경 50센티미터 범위에 마법 공격력의 250퍼센트만큼의 화염 피해를 입힙니다.
불꽃은 20초 동안 지속되며, 피해를 입힌 대상이 하나 늘어날 때마다 지

속 시간이 5초 증가합니다.
'작은 불꽃'으로 적을 처치할 경우, 재사용 대기 시간이 5초 감소합니다.
*정령력이 Max가 되면 상위 정령으로 진화합니다.
(화염 속성을 필요로 하는 소환 마법을 사용할 때마다 일정량의 정령력
이 차오릅니다.)
*소환술사의 소환 마력이 높을수록 정령의 소환 지속 시간이 길어집니다.

'어, 최하급 정령?'

샐러맨더의 상태 창을 확인한 이안은, 곧바로 의아함을 느낄 수 있었다.

처음 소환술사의 탑에서 쨱이를 얻었을 때가 생각난 것이다.

'쨱이는 처음 얻었을 때부터 하급 정령이었는데……. 하급 정령이 가장 낮은 등급이 아니었던 거야?'

게다가 더욱 놀라운 것은, 샐러맨더의 능력치 중에 '지능'이 있다는 점이었다.

쨱이에게는 '지능'이라는 스텟이 아예 없었으니 말이다.

'무려 중급 정령인데도 말이지.'

하지만 이 의문은 당장에 풀 수 있는 부분이 아니었다.

때문에 이안은 곧바로 고유 능력을 향해 시선을 옮겼다.

'작은 불꽃이라……. 범위가 좀 좁기는 하지만 어쨌든 광역 스킬이네.'

많은 적에게 불꽃을 맞출수록 지속 시간이 증가하는 광역

공격 마법.

이런 조건부 광역 마법의 경우, 컨트롤에 따라 그 위력이 배 이상 차이날 수 있다.

게다가 처치 시 재사용 대기 시간 감소라는 부가 효과도 있으니, 잘만 사용하면 정말 강력한 공격 마법이 될 수 있는 스킬이었다.

샐러맨더에 대한 파악이 끝난 이안의 시선이 슬쩍 바네사를 향했다.

'뭐, 나름 독일 서버 랭킹 1위라니까 컨트롤은 믿어 봐도 되겠지?'

샐러맨더의 정보 창을 끈 이안이 이제 나머지 세 마리의 정령을 훑어보았다.

이제 이안이 이 중 선택해야 할 정령은 샐러맨더의 고유 능력에 가장 잘 어울리는 스킬을 가진 정령이 될 것이었다.

소환술사 클래스인 이안과 바네사, 마법사 클래스인 사라.

이안과 바네사의 선택지는 네 마리의 정령들이었고, 사라의 선택지는 네 개의 완드였다.

하지만 이 선택지들에 공통점이 없는 것은 아니었다.

네 가지 속성을 가진 정령들과 마찬가지로 지팡이들에도

각각 다른 속성이 부여되어 있었던 것이다.

그리고 조합을 짜는 데 있어 이안이 첫 번째로 중요하게 생각한 부분은 바로 '속성'이었다.

"다들 최상위 랭커니까 속성의 상성 관계쯤은 알고 있겠지?"

이안의 물음에, 사라와 바네사가 동시에 고개를 끄덕였다.

"물론이지."

"당연하지."

쌍둥이 자매가 동시에 대답하는 모습에서 뭔가 귀여움을 느낀 이안은 피식 웃으며 말을 이어 갔다.

"그렇다면 이미 깨달았겠지만, 우리가 선택할 수 있는 네 가지 속성은 서로 먹고 먹히는 속성들이야."

바네사가 고개를 갸웃하면서 반문했다.

"그건 당연한 얘기 아냐? 어떤 속성이든 상성은 존재하잖아."

이안이 고개를 저으며 다시 말했다.

"아니. 그 얘길 하는 게 아냐."

"그럼?"

"이 네 가지 속성들의 관계가 마치 가위바위보와 비슷하단 얘기를 하고 싶었어."

"아……."

불 속성은 물에 약하고, 바람 속성은 불에 약하다.

땅 속성은 바람에 약하지만, 물 속성에 강하다.

　카일란에 있는 수많은 속성이 있다.

　하지만 모든 속성이 이렇게 완벽한 상성의 순환 고리 안에 들어가 있지는 않다.

　그래서 이 네 가지 속성은, 사실상 카일란에 존재하는 모든 속성들의 베이스가 되는 속성이기도 했다.

　때문에 이안은 속성 선택이 이 관문을 돌파하는 데 생각보다 중요한 요소일지도 모른다고 생각했다.

　이안의 감은, 여기에 기획자의 의도가 들어있다고 말하고 있었으니 말이다.

　"지금 바네사가 선택한 '샐러맨더'는 화염 속성이야."

　"그렇지."

　"그렇다면 여기서, 내가 어떤 녀석을 선택해야 우리 팀의 속성 밸런스가 가장 이상적일까?"

　이안의 물음이 끝나자마자, 가장 먼저 대답한 사람은 사라였다.

　"땅 속성의 정령인 노움이겠지."

　"빙고. 역시 정확해."

　"우쒸, 나도 방금 말하려고 했는데!"

　화염 속성은 바람에 강하지만 물에 약하다.

　땅 속성은 물에 강하지만 바람에 약하다.

　때문에 화염 속성과 땅 속성은, 서로의 약점을 커버해 줄 수 있는 가장 좋은 조합이다.

　이안의 말이 이어졌다.

　"하지만 문제가 하나 있어."

　"그게 뭔데?"

　"땅 속성인 노움의 고유 능력보다는, 바람 속성인 실프의 고유 능력이 샐러맨더와 더 궁합이 좋다는 거지."

　바네사가 고개를 끄덕이며 동의했다.

　"맞아. 나도 방금 읽어 봤는데, 실프의 고유 능력이 가장 조합이 잘 맞을 거야."

　이안은 사라에게 보여 주기 위해 실프의 고유 능력을 채팅 창에 공유하였다.

---

**고유 능력**

*돌개바람 (재사용 대기 시간 50초)

커다란 회오리바람을 소환하여, 반경 5미터 이내의 적들을 끌어들입니다.

돌개바람의 범위 안에 있는 모든 적들에게 10초 동안 마법 공격력의 20 퍼센트만큼의 바람 속성 피해를 입힙니다.

돌개바람에 피해를 입은 모든 적들은, 15초 동안 마법 방어력이 30퍼센트만큼 감소합니다.

---

　그리고 그것을 확인한 사라는 곧바로 고개를 끄덕이며 수긍하였다.

　"확실히 샐러맨더의 고유 능력과 만나면 시너지가 엄청나겠네."

사라는 마법사 클래스의 랭커답게, 두 고유 능력을 어떻게 활용해야 할지 곧바로 머릿속에 그려 낸 듯했다.

이안은 만족스러운 표정으로 말을 이었다.

"사라, 혹시 네가 선택할 수 있는 네 개의 지팡이 중에 실프의 돌개바람보다 더 시너지 좋은 고유 능력을 가진 게 있을까?"

이안의 말에, 사라는 고개를 저었다.

"아니, 없는 것 같아."

그리고 그 대답을 들은 이안이 씨익 웃으며 고개를 끄덕였다.

"좋아, 그럼 결정된 것 같네."

"좋았어!"

이어서 두 사람은 동시에 선택하였다.

–파티원 '이안' 님이 '실프' 정령을 선택하셨습니다.

–파티원 '사라' 님이 '땅의 지팡이' 무기를 선택하셨습니다.

"흠, 오늘은 좀 재밌는 뉴스 없으려나?"

컴퓨터를 켜고 의자에 앉은 카노엘은 카일란 공식 커뮤니티에 들어가 이것저것 기사를 뒤지기 시작했다.

요즘 카노엘이 컴퓨터만 켜면 하는 것은 카일란 관련 정보를 서치하는 일이었다.

"에이, 역시 신선한 정보가 하나도 없네. 거의 다 로터스 길드 카페에 올라와 있는 정보들이잖아?"

작은 목소리로 중얼거린 카노엘은 화면에 떠 있던 창을 끄더니 새로운 창을 오픈하였다.

그런데 놀라운 것은 사이트의 모든 글자가 영문으로 표기되어 있다는 점이었다.

"역시 괜찮은 정보를 구하려면, 글로벌 커뮤니티에 들어가야 해."

카노엘이 접속한 페이지는, 다름 아닌 카일란 글로벌 정보 공유 커뮤니티였던 것.

오픈한 지는 아직 한 달도 채 되지 않은 사이트였지만, 이 곳에는 이미 만 명이 넘는 회원들이 가입되어 있었다.

그리고 카노엘이 이 사이트를 서치하고 있는 것은 다름 아닌 이안의 지령 때문이었다.


－노엘아, 내가 너한테 임무를 하나 줄게.

－임무? 어떤 임무……?

－너 몇 년 전까지 미국에서 살았다고 했지?

－응, 그랬었지.

－그럼 영어 잘하겠네?

－뭐, 내가 학교에서 시험 보면 유일하게 풀고 나오는 과목이 영어이

긴 해.

　-자랑이다.

　-쳇. 근데 그건 왜?

　-너 오늘부터, 하루 30분씩 정보 수집 좀 하자.

　-정보…… 수집?

　-그래. 내가 얼마 전에 괜찮은 사이트를 하나 찾았는데…….

　-그런데?

　-읽을 수가 없더라고.

　-……?


　당시 이안과 했던 대화를 떠올린 카노엘은 더욱 의욕 넘치는 표정이 되었다.

　"그래, 이안 형이 나한테 뭔가 맡긴 게 처음인데……. 이번에 진짜 확실히 보여 줘야지."

　카노엘은 의지를 활활 불태웠다.

　이 막중한 임무를 성공적으로 수행해서 이안에게 인정받고 싶은 마음이 가득했다.

　"일단 메인 뉴스부터 한번……."

　카노엘은 망설임 없이 메인 페이지의 배너를 클릭하더니 능숙하게 영문으로 된 게시물들을 읽어 내려갔다.

　해외 뉴스에는 정말 다양한 소식들이 가득했다.

　그리고 그중 제법 흥미로운 내용을 발견한 카노엘이 히죽

거리며 게시물을 읽어 내려갔다.

"일본 서버 랭커들이 명계를 발견했다고?"

게시물의 내용은 일본 서버의 랭커들이 명계라는 새로운 차원을 발견했으며, 조만간 그곳에 갈 방법을 찾아낼 것이라는 이야기였다.

그러나 이미 이안에게 명계에 대한 이야기를 들은 카노엘의 입장에서는 코웃음이 나오는 내용이었다.

"우리 이안느님께선 벌써 단물 쏙 빼먹고 나오셨는데…….
짜식들, 고생하는구먼."

심지어 댓글들은 '명계'라는 새로운 콘텐츠의 등장에 엄청나게 열광하고 있었다.


—와우! 일본 서버 랭커들 정말 대단해!

—명계라고? 그건 리치 킹 샬리언을 처치해야 갈 수 있는 곳인가?

—일본 애들이 정보를 전부 오픈하지 않아서 정확히는 모르겠지만, 아마도 그런 것 같아.

—키야, 우리 대만 서버는 아직 샬리언 구경도 못 했는데 일본 애들은 그런 정보를 어떻게 찾았대?

—그러게. 우리 미국 서버는 엊그제 샬리언 처치하고 에피소드 클리어했는데, 명계 갔다는 랭커는 아직 없거든.

—오오, 미국 서버는 샬리언 에피소드를 벌써 클리어한 거야? 대단한데?

-응. 하지만 사실 대단할 것도 없지. 한국 애들은 샐리언 잡은 지 벌써 한 달이 다 되어 가잖아?

-하긴, 걔들은 어떻게 그렇게 매번 빠른지 모르겠어. 다 따라잡아 간다 싶으면, 항상 조금씩 앞서 있더라고.

-아냐. 꼭 그렇진 않아. 이번이 좀 말도 안 되게 빨랐던 거지. 마계 에피소드 때만 해도 미국 서버랑 별 차이 없었던 걸로 기억해.

-그랬었나?


댓글들을 읽어 내려가던 카노엘은 뭔가 뿌듯한 기분이 되어 중얼거렸다.

"짜식들, 그게 다 우리 이안 형님의 업적이란다. 언젠가 서버 통합되고 나면, 니들도 이안갓을 찬양하게 될 거야."

기분이 좋아졌는지 콧노래까지 흥얼거리며 게시글을 검색하는 카노엘.

그런데 그때, 그의 눈에 한 게시물의 제목이 '확' 하고 들어왔다.


-중국 서버 소환술사 랭킹 1위 유저 왕 웨이. 이미 한 달 전부터 정령계 공략 중?


이안이 얼마 전 정령계에 입성했다는 사실을 알고 있는 카노엘의 두 눈이 크게 확대되었다.

띠링-!

-파티원 전원이 준비를 마쳤습니다.

-지금부터 첫 번째 관문이 시작됩니다.

이안과 사라가 선택을 끝내자마자 일행의 눈앞에 새롭게 떠오른 시스템 메시지들.

그리고 그 메시지들이 채 사라지기도 전에 새로운 퀘스트 창이 번쩍 하고 떠올랐다.

---

### '소환술사 판의 시험 I (직업)(연계)'

소환술사이자 뛰어난 정령술사였던 판은 언젠가 정령술이 실전될 것을 염려하였다.

기계문명에 의해 정령계가 완벽히 잠식되고 나면, 지상계와 완전히 단절될 것이기 때문이었다.

정령계와 지상계가 단절된다면, 인간들이 정령술을 사용할 수 없게 되는 것은 당연한 수순.

때문에 판은, 정령계의 가장 안전한 곳인 '서리동굴'에 정령술의 비전을 숨겨 놓았다.

만약 당신이 판의 시험을 전부 통과한다면, 그가 남긴 비전을 얻을 수 있을 것이다.

자, 이제 판의 첫 번째 시험이 시작되었다.

지금부터 당신들은 선택한 정령(정령 무기)만을 이용하여 관문을 통과해야 한다.

만약 파티원이 선택한 정령 중 하나라도 사망한다면, 당신들은 관문 통과에 실패하게 될 것이다.

오염된 정령들을 성공적으로 처치하고, 두 번째 관문의 입구까지 도착하자.

**퀘스트 난이도 :** C

**퀘스트 조건 :** '정령들의 친구' 퀘스트를 진행 중인 유저.

소환술사 클래스이거나, 소환술사 클래스를 파티에 포함한 유저.

**제한 시간 :** 30분

*모든 몬스터 웨이브를 돌파하여 두 번째 관문에 도착하면, 퀘스트가 완료됩니다.

**보상 :** 초월 경험치 100

　　　　명성 10만

퀘스트 창을 전부 읽은 이안이 재빨리 맵의 구조를 확인하였다.

'통로형 구조. 길은 크게 어렵지 않은 것 같고……. 제한시간이 있는 단순 몬스터 돌파 관문인가?'

그때, 이안의 눈앞에 몇 줄의 메시지들이 추가로 떠올랐다.

띠링-!

―관문에서 선택한 아이템을 제외한 착용한 모든 아이템의 성능과 고유 능력이 100퍼센트 제한됩니다.

―관문에서 선택한 정령을 제외한 모든 소환수가 소환 해제됩니다.

―모든 버프 효과가 무효화됩니다.

―모든 스킬과 고유 능력이 '비활성화' 상태가 됩니다.

시스템 메시지를 확인한 이안은 묘한 표정이 되었다.

이안이 예상했던 것처럼 선택한 정령을 제외한 거의 모든 부분에 제약이 걸린 것이다.

'역시! 처음 선택이 진짜 중요한 거였어.'

정령 선택을 무척이나 고민했던 이안과 달리 바네사는 무척이나 쉽게 샐러맨더를 골랐다.

그리고 그 이유는 당연히, 선택할 정령의 비중을 크게 생각지 않았기 때문이었다.

바네사는 최하급 정령보다 강력한 소환수들을 충분히 많이 가지고 있었고, 때문에 선택한 정령이 전투에 큰 영향을 주지 못할 것이라 생각한 것이다.

하지만 이런 식으로 제약이 걸려 버리면, 얘기가 완전히 달라진다. 초월 레벨이 3~4에 불과한 이안 일행이 템발까지 없어진다면, 최하급 정령과 별차이 없는 전투력을 가지게 될 테니 말이다.

'자, 그럼 슬슬 움직여 볼까?'

바네사와 사라를 한 번씩 응시한 이안은, 천천히 던전 안쪽을 향해 걸음을 뗐다.

그리고 그와 동시에, 통로의 어둡고 깊숙한 곳에서 정체불명의 그림자들이 쏟아져 나오기 시작했다.

'실프? 근데 뭔가 좀 이상하잖아?'

나뭇잎을 연상케 하는 모양에, 반투명한 네 개의 날개.

두 돌 정도 지난 어린아이와 비슷한 몸집.

귀여운 외모를 가진 작은 요정은, 분명 바람의 정령인 '실프'와 흡사한 생김새를 가지고 있었다.

하지만 한 가지.

실프와 '이 녀석들' 사이에는 너무도 큰 차이점이 있었다.

바네사가 당황한 표정으로 중얼거렸다.

"에……. 남성체인 실프도 있었어?"

그것은 바로 성별이었다.

여아의 모습을 가진 실프와는 달리 관문에 등장한 몬스터들은 남아의 형상을 하고 있었던 것이다.

"자세히 보니 쥐고 있는 무기도 다르네."

사라의 날카로운 지적에 이안이 고개를 주억거렸다.

'실프의 무기는 완드. 마법형 정령이고……. 저 녀석은 길쭉한 창을 들고 있는 걸 보니 물리 공격형 정령인가 보군.'

휘이이잉—!

거센 바람소리와 함께 통로 안쪽에서부터 일곱 마리의 정령들이 나타났다.

그리고 모든 바람결이 잦아들자 정령들의 머리 위에 간략한 정보가 떠올랐다.

─실피드 : 바람의 최하급 정령

그것을 확인한 이안 일행은 저마다 한마디씩 입을 열었다.

"역시⋯⋯. 실프랑 다른 개체였군."

"그러게. 아예 다른 이름을 가지고 있었네."

"그런데 언니, 얘들 왜 레벨이 안 뜨는 거지? 초월 레벨이라도 떠야 하는 거 아니야?"

"바보야, 정령은 원래 레벨이 없잖아."

"아, 맞다!"

"⋯⋯."

바네사를 보며, 이안은 고개를 갸웃거렸다.

'저 맹한 친구가 어떻게 독일 서버 소환술사 랭킹 1위를 찍은 거지?'

소환술사는 결코 피지컬만으로 강해질 수 있는 클래스가 아니다.

소환수와 고유 능력에 대한 지속적인 연구가 없다면, 성장에 한계가 있는 것이다.

때문에 이안은, 백치미 넘치는 바네사의 랭킹이 정말 의아하였다.

'모든 단점을 커버할 만한 엄청난 피지컬을 가지기라도 한 건가?'

이안의 시선이 바네사를 향해 슬쩍 움직였다.

이제부터 그녀의 실력을 실컷 볼 수 있을 테니, 잠시 후면 그에 대한 비밀을 알 수 있게 되리라.

"자, 다들 준비하시고⋯⋯."

"좋았어. 첫 번째 관문 정도는 쉽게 통과해 보자고."

바네사의 말에 고개를 끄덕인 이안이, 두 자매의 바로 뒤쪽에 포지션을 잡았다.

이안은 일단 두 사람을 서포팅하며 그들의 활약을 지켜볼 생각이었다.

'이 구간이 딱이야. 이 정도는 나 없이도 충분히 돌파가 가능할 테니……. 한발 물러서 둘의 실력을 파악해 봐야겠어.'

지금 시작될 전투는, 첫 번째 관문의 첫 번째 전투다.

때문에 난이도가 가장 쉬울 게 분명한 데다, 적들의 속성이 전부 바람 속성이다.

이안 파티의 주딜러인 샐러맨더가 '화염의 정령'인 것을 감안하면, 난이도가 쉬울 것만은 확실했다.

그리고 모든 전투 준비가 끝나자 사라가 자연스레 오더를 내렸다.

"바네사, 일단 네가 어그로 전부 다 가져와!"

"알겠어, 언니!"

사라의 오더에 대답함과 동시에, 바네사는 들고 있던 활을 들어 속사를 시작했다.

핑- 피핑- 핑-!

뒤에서 그 모습을 보던 이안의 눈에 이채가 어렸다.

'오호, 일단 활 실력은 제법인데.'

소환술사 클래스의 유저들이 가장 선호하는 무기 중 하나인 활.

　바네사의 활 솜씨는, 어지간한 궁사 랭커 못지않게 빠르고 정교했다.

　퍽- 퍼퍼퍽-!

　순식간에 시위를 떠난 일곱 발의 화살이, 각각 목표했던 실피드에게 명중한 것이다.

　그러자 중구난방으로 다가오던 실피드들이 일제히 바네사를 향해 달려들기 시작했다.

　쉬이익- 쉬쉭-!

　그리고 그것을 확인한 사라가 마법을 캐스팅했다.

　물론 사라가 쓸 수 있는 마법은 단 하나.

　'땅의 지팡이'의 고유 능력인 '대지의 기둥'이었다.

---

**\*대지의 기둥**

**재사용 대기 시간 : 75초**

**캐스팅 시간 : 5초**

원하는 위치의 지면을 솟아오르게 하여, 주변의 적들에게 땅 속성의 마법 피해를 입힙니다.

연속으로 다섯 군데의 좌표를 지정할 수 있으며, 다섯 개의 기둥이 전부 솟아오르고 난 뒤 재사용 대기 시간이 적용됩니다.

대지의 기둥은 소환된 좌표를 중심으로 반경 30센티미터의 범위에 피해를 입힙니다(마법 공격력의 150~200퍼센트만큼의 피해를 입힙니다).

대지의 기둥에 피해를 입은 대상은, 피해를 입은 반대방향으로 50센티미터만큼 밀려납니다.

생성된 대지의 기둥은 10초 동안 지속됩니다.

우우웅.4

사라의 지팡이 끝에 맺히는 녹색 빛깔의 마력을 보며, 이안은 흥미로운 표정이 되었다.

'어그로를 바네사에게 전부 모았으니 저 앞으로 실피드들이 모일 테고…… 기둥으로 벽을 만들어 모아 놓은 실피드를 가둘 생각인가 보군.'

적들을 한 지점에 모아 놓을수록, 샐러맨더의 고유 능력인 '작은 불꽃'의 위력은 더욱 강력해질 것이다.

만약 다섯 마리 이상의 적에게 작은 불꽃을 맞춘다면, 그 즉시 재사용 대기 시간이 초기화될 테니 말이다.

그리고 두 자매는, 정확히 이안의 예상대로 움직였다.

"바네사, 조금 더 왼쪽으로 몰아 봐!"

"알겠어!"

가장 선두에 있는 실피드를 향해 화살을 날리며, 일곱 마리 실피드들이 한데 뭉치기를 유도하는 바네사의 컨트롤.

피핑- 핑-!

결국 통로의 한쪽 구석으로 일곱 마리의 실피드들이 전부 모여들었고, 그 순간 사라의 지팡이가 푸른빛을 뿜어내기 시작했다.

"대지의 기둥!"

쿠쿵- 쿠쿠쿵!

사라의 마법이 발동하자마자 실피드 무리의 측면에 커다

란 기둥이 솟아올랐다.

그리고 솟아오른 기둥의 넉백Knock-Back 효과 때문에, 실피드들은 더욱 좁은 공간으로 밀려나게 되었다.

-파티원 '사라'의 고유 능력 '대지의 기둥'이 발동되었습니다.

-속성의 상성 관계로 인해 마법의 위력이 감소합니다.

-최하급 바람의 정령 '실피드'의 생명력이 225만큼 감소합니다.

-최하급 바람의 정령 '실피드'의 생명력이 209만큼 감소합니다.

……후략……

'대지의 기둥' 마법은 비교적 낮은 공격 계수를 가지고 있다.

게다가 '땅' 속성의 공격 마법이기 때문에 '바람' 속성을 가진 실피드에게는 그다지 큰 피해를 입힐 수 없었다.

'하지만 소환 좌표는 정말 예술인데?'

이안이 씨익 웃으며 감탄하는 사이 다섯 개의 바위 기둥이 차례차례 솟아올랐다.

쾅- 쿠콰쾅-!

그리고 그 기둥들은 일곱 마리 실피드들을 완벽히 구석으로 밀어 넣었다.

마법사 클래스 최상위 랭커답게 사라의 컨트롤은 놀랄 만한 수준이었다.

'이제 샐러맨더가 활약할 차례겠지?'

이안의 시선이, 바네사의 앞에 자리 잡은 샐러맨더를 향해 움직였다.

그의 예상처럼, 샐러맨더의 입에서는 커다란 화염덩어리가 뿜어져 나오고 있었다.

화르륵.

그리고 그것을 확인한 이안은 피식 웃으며 중얼거렸다.

"작은 불꽃이라기엔 제법 웅장한 크기잖아?"

헬스장에 가면 어렵지 않게 볼 수 있는, 커다란 짐 볼 크기의 화염의 구체.

이 화염이 실피드들의 위에 작열하는 순간 샐러맨더는 또 하나의 구체를 소환해 낼 것이다.

'두 번째 구체가 떨어질 때까지 실피드들이 흩어지지 않는다면, 세 번째 구체도 바로 소환되겠지.'

그리고 화염의 구체를 세 번 연속해서 뿌린다면 실피드들은 거의 빈사 상태에 빠질 게 분명했다.

즐겁게 자매의 활약을 구경하던 이안은 그들이 보여 준 파티 플레이에 점수를 매겼다.

'음……. 대충 100점 만점에 70점 정도는 줄 수 있겠군.'

만약 쌍둥이 자매가 이안의 이 생각을 알았더라면, 무척이나 억울한 표정이 되었을 것이다.

두 사람의 플레이는 잘 짜인 톱니바퀴처럼 맞아 들어갔고, 100점을 줘도 아깝지 않다 할 만한 것이었으니 말이다.

하지만 이안 또한 아무 이유 없이 70점을 준 것은 아니었다.

이안의 날카로운 시선이, 실피드의 주변에 피어오르는 바람결을 향해 움직였다.

"실프, 돌개바람!"

휘잉-!

이안의 오더가 떨어지자마자, 미리 준비하고 있던 실프가 돌개바람을 소환하였다.

그러자 실피드가 모여 있는 위치를 중심으로 커다란 회오리가 생성되기 시작하였다.

휘잉- 휘이잉-!

무려 반경 5미터라는 넓은 범위를 가지고 있는 만큼, 일곱 마리의 실피드들은 전부 그 범위 안에 빨려 들어갔다.

-파티원 이안 유저의 정령 '실피드'가 고유 능력 '돌개바람'을 소환하였습니다.

그와 동시에, 실피드들의 주변에 생성되던 바람은 허공으로 흩어져 버렸다.

이어서 바네사의 샐러맨더가 소환한 '작은 불꽃'또한, 돌개바람 안으로 빨려 들어갔다.

화르륵-!

-파티원 바네사의 정령 샐러맨더가 '작은 불꽃' 고유 능력을 발동합니다.

-속성의 상성 관계로 인해, 마법의 위력이 증폭됩니다.

-최하급 바람의 정령 '실피드'의 생명력이 597만큼 감소합니다.

-최하급 바람의 정령 '실피드'의 생명력이 621만큼 감소합니다.

……중략……

–샐러맨더의 고유 능력 '작은 불꽃'의 재사용 대기 시간이 전부 회복되었습니다!

작은 불꽃이 일곱 마리의 실피드를 전부 맞추는 데 성공한 것이다.

대지의 기둥까지 활용해 구석으로 몰아넣은 데다 돌개바람으로 빨아들이기까지 했으니, 사실 못 맞추는 게 이상한 상황이기도 했다.

신이 난 바네사는 작은 불꽃을 연속으로 쏘아 내기 시작했다.

–최하급 바람의 정령 '실피드'의 생명력이 559만큼 감소합니다.

–최하급 바람의 정령 '실피드'의 생명력이 571만큼 감소합니다.

……후략……

쏘아 내는 족족 재사용 대기 시간이 줄어드니 불꽃을 계속해서 쏘는 게 가능해진 것이다.

그리고 잠시 후, 마지막 실피드까지 전부 처치하고 나자 바네사는 두 주먹을 불끈 쥐었다.

"아잣, 시작 좋고!"

띠링–!

–최하급 바람의 정령 '실피드'를 성공적으로 처치하셨습니다!

–초월 경험치가 11만큼 증가합니다.

처음부터 깔끔하게 파티 플레이가 맞아떨어지니 기분이

좋아진 것이다.

이안에게 다가온 바네사가 기분 좋게 입을 열었다.

"이안, 봤지? 우리 실력이 이 정도라고!"

이안은 피식 웃으며 그녀의 말에 동조해 주었다.

"그래. 역시 랭커라 그런지, 컨트롤이 정말 대단하더라."

"그치, 그치!"

기분이 더욱 좋아진 바네사는, 우쭐한 표정으로 다시 말을 이었다.

"하지만 이안, 네 돌개바람 타이밍도 나쁘지 않았어. 덕분에 작은 불꽃을 세 번까지 전부 맞출 수 있었으니 말이야."

"하핫, 뭐……. 사실 그 정도야 누구나 할 수 있는 거니까."

깔끔하게 첫 번째 적들을 처치한 이안 일행은 곧바로 통로 안쪽을 향해 걸음을 옮기기 시작했다.

그중에서도 선두에 있는 바네사는 무척이나 신난 표정이었다.

"언니, 빨리 움직이자! 클리어 타임이 짧을수록 추가 보상이 좋아질 수도 있잖아!"

"알겠어, 바네사. 우린 잘 따라가고 있으니까 걱정 말라고."

하지만 신이 난 바네사와 달리 사라는 뭔가 묘한 표정이었다.

그녀는 알 수 없는 눈빛으로 이안을 힐끔힐끔 쳐다보고 있었다.

'그 타이밍…… 우연일까?'

화염의 구체가 떨어지기 직전에 이안이 소환한 실프의 돌개바람.

사라는 그때의 상황을 머릿속으로 다시 떠올리고 있었다.

'분명 실피드들은 고유 능력을 발동시키려 했었고……. 그 타이밍에 이안이 돌개바람으로 캐스팅을 끊지 않았더라면, 뭔가 변수가 생겨났을지도 몰라.'

이안이 소환한 돌개바람은 얼핏 보면 그저 '작은 불꽃'과 시너지를 내기 위한 컨트롤로 보일 수 있다.

하지만 사실 돌개바람이 아니었더라도 화염의 구체는 충분히 다섯 이상의 실피드에게 명중할 수 있는 상황이었다.

바네사는 알아채지 못했지만, 이안이 돌개바람을 발동시킨 것은 실피드들의 고유 능력 캐스팅을 끊는 데 목적이 있었던 것이다.

사라와 살짝 눈이 마주친 이안은, 속으로 실소를 지었다.

사라가 돌개바람 소환의 의도를 알아챈 듯 보였기 때문이다.

'아무래도 사라가 바네사보단 좀 나은 것 같네.'

이안이 두 자매의 파티 플레이에 70점을 준 이유가 바로 여기에 있었다.

두 자매의 파티 플레이에는 '상대 몬스터인 실피드도 고유 능력을 가지고 있을 수 있다.'는 가정이 고려되어 있지 않았던 것이다.

만약 실피드가 실드 계열 고유 능력이라도 발동시켰더라면 전투 양상이 꼬여 버렸을 수도 있다.

적에게 피해를 입히지 못한 화염의 구체는 재사용 대기 시간이 돌아오지 않을 테고, 대지의 기둥까지 써 버린 이안의 파티에게는 돌개바람뿐이 남지 않을 테니 말이다.

그렇다면 이안이 생각하는 100점짜리 플레이는 어떤 것이었을까?

'사라는 다섯 개의 기둥 중에 한 개를 남겨 놨어야 했고, 바네사는 활을 쏘는 게 아니라 겨누고 있었어야 했어.'

사라는 다섯 개의 기둥을 차례로 소환하여 실피드들을 완벽히 구석에 가두었다.

하지만 굳이 다섯 개를 전부 소환하지 않았더라도, 실피드들을 좁은 공간에 몰아넣기에는 충분한 상황이었다.

'만약 나였다면……. 남겨 둔 마지막 기둥을 실피드의 고유 능력이 발동하는 순간 소환했을 거야.'

기둥의 넉백 옵션을 이용해 실피드들의 고유 능력 발동을 끊어 냈더라면, 이안의 돌개바람 없이도 전투를 마무리시킬 수 있었을 것이다.

만약 넉백의 범위를 벗어난 개체가 있다 하더라도, 바네사의 속사 실력이면 한두 마리 정도는 충분히 커버할 수 있었고 말이다.

"웃차―!"

정령왕의 심판을 고쳐 잡은 이안은 사라와 바네사의 뒤를 빠르게 따라붙었다.

이제 두 자매의 실력을 어느 정도 파악했으니 직접 활약할 시간이었다.

새로운 콘텐츠, 정령술

Taming Master

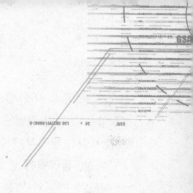

림롱으로부터 '블러드 리벤지'를 약탈한 이후, 이안은 항상 기본 무기로 블러드 리벤지를 설정해 놓았다.

물론 블러드 리벤지가 정령왕의 심판보다 뛰어난 것은 아니었다.

하지만 이안에게는 서머너 나이트의 고유 능력인 바이탈리티 웨폰이 있었다.

에고 웨폰에 한해 생명력을 불어넣을 수 있는 고유 능력인 바이탈리티 웨폰.

이 고유 능력을 사용한다면, 굳이 장착하지 않더라도 정령왕의 심판을 컨트롤할 수 있었으니 말이다.

그러나 지금은 상황이 달랐다.

모든 스킬과 아이템 능력이 봉인된 지금 상황에서는 더 손에 익은 무기인 정령왕의 심판을 사용하는 게 맞았으니까.

"바네사, 왼쪽부터 점사해!"

"이안, 샐러맨더 엄호 좀 부탁해!"

어둑한 던전의 벽을 타고 사라의 오더 소리가 쉼 없이 울려 퍼졌다.

그리고 이안은 사라의 오더에 따라 묵묵히 역할을 수행해 내었다.

까강− 깡−!

평소에도 '오더'가 포지션이었는지 사라는 무척이나 능숙하게 전장을 파악하고 알맞은 오더를 내렸다.

'역시 제법…….'

물론 그렇다고 해서 사라의 오더가 완벽히 이안의 마음에 드는 것은 아니었다.

오더가 뛰어나고 그렇지 않고를 떠나서 전투 스타일에 차이가 있었으니 말이다.

'마음 같아서는 지금부터 내가 오더하고 싶지만…….'

사라를 슬쩍 응시한 이안은 달려드는 정령을 쳐 내며 샐러맨더를 향해 도약하였다.

오더를 넘겨받기 전에 선행되어야 할 것은 실력을 보여 주는 것.

두 자매가 이안의 실력을 인정한 뒤에 오더를 넘겨받아야,

제대로 된 그림을 그릴 수 있으니 말이다.

탓-!

바닥에 내려앉은 이안이 샐러맨더를 둘러싼 정령들을 빠르게 훑어보았다.

실피드에 이어 나타난 적들은 땅의 정령인 '노움'들이었다.

진흙으로 만들어진 난쟁이의 형상을 한 노움들은 실피드보다 느리고 둔하지만, 높은 방어력과 생명력을 가지고 있다.

'실피드를 상대할 때처럼 한 번에 다 녹이려는 전략은 쓸 수 없어.'

모든 스킬을 한 번에 쏟아붓는 전략은, 치명적인 단점을 하나 가지고 있다.

스킬이 전부 다 빠지고 나면, 번 아웃Burn Out 상태가 되어 버린다는 것이다.

그 한 방으로 적들을 몰살시킬 수 있다면 괜찮겠지만, 그렇지 못하다면 위험한 상황에 빠지게 되는 것이다.

그리고 실피드의 배가 넘는 탱킹 능력을 가진 노움들은 아무리 스킬 연계가 완벽히 되어도 한 번에 녹이는 게 불가능했다.

거기에 하나 더.

'사실 이게 제일 큰 문제지.'

태생이 탱커인 노움은 고유 능력도 탱킹에 최적화되어 있었던 것이다.

현재 이안 파티가 할 수 있는 가장 손쉽고 위력적인 스킬 연계는, 실프의 '돌개바람'과 샐러맨더의 '작은 불꽃'이다.

돌개바람으로 적들을 가깝게 모은 뒤, 작은 불꽃을 던져 스플래쉬 대미지를 입히는 전략.

그런데 노움의 '든든한 친구' 고유 능력은 이 스킬 연계에 완벽한 카운터라 할 수 있었다.

'모일수록 괴물이 되는 노움들에게 돌개바람을 쓴다는 것 자체가 에러니까.'

이안 파티가 상대해야 하는 노움은 총 열두 마리다.

돌개바람으로 이 친구들을 전부 모아 버리면 괴랄한 버프를 걸어 주는 꼴밖에 되지 않는 것이다.

방어력 120퍼센트 상승에 생명력 회복 속도 180퍼센트 상승.

'아마 작은 불꽃 대미지가…… . 아예 박히지 않을 거야.'

쿨타임 초기화를 이용해 계속해서 불꽃을 날려 봐야 회복되는 속도가 더 빠를지도 모를 일이었다.

게다가 그게 끝이 아니다.

'모아 놓은 채로 계속 공격하다 보면, 탱커 주제에 딜러 급 공격력을 갖게 되겠지.'

모여 있는 열두 마리 노움에게 동시에 화염 피해를 입힌다면, 그 순간 모든 노움들의 공격력이 30퍼센트, 공격 속도가 15퍼센트 증가하게 된다.

두어 번 불꽃을 날리다 보면, 순식간에 두 배에 가까운 괴랄한 공격력을 갖춘 노움을 만나게 될 것이다.

휘리릭.

허공에서 날아드는 진흙덩이를 가볍게 피해 낸 이안이, 작은 목소리로 중얼거렸다.

"이거 한 방에 울면서 도망가야 될지도 모른다는 말이지."

그렇다면 이 변태 같은 고유 능력을 가진 노움을 가장 쉽게 상대할 수 있는 방법은 무엇일까?

그 방법론 자체는 너무나도 간단하다.

'든든한 친구' 고유 능력이 작동하지 않게 만들면 되니 말이다.

한 마리씩 멀찍이 격리시킨 뒤, 화력을 집중해서 제거하면 되는 것.

하지만 말이 간단하지, 실행까지 간단하지는 않았다.

"바네사, 이안 도와서 쟤들 접근 못 하게 막아 줘!"

"알겠어, 언니!"

"대지의 기둥!"

쿠쿵- 쿠쿠쿵-!

열두 마리의 노움 중 한 마리를 겨우 빼내기는 했으나, 다른 노움들의 접근을 막는 게 쉽지 않았던 것이다.

한 마리 노움의 생명력을 절반 정도 깎아 냈으나, 다른 노움들이 붙기 시작하면 도로 아미타불 될 게 분명했다.

"으으, 화력이 부족해!"

"안 되겠다. 이안, 이쪽으로 와서 딜부터 같이 넣자! 쟤들 접근하기 전에 한 놈 잘라야 돼!"

다른 노움들이 가까이 접근할수록, 쌍둥이 자매는 더욱 다급해졌다.

가장 바깥쪽에서 노움들의 접근을 막는 포지션이던 이안까지 불러들여서, 딜을 넣게 할 정도였으니 말이다.

하지만 이안은 처음으로 사라의 오더를 따르지 않았다.

타탓-!

이안은 함께 노움을 밀어내던 실프까지 데리고, 오히려 전장의 안쪽으로 들어가 버렸다.

그에 두 자매는 적잖이 당황한 표정이 되었다.

"이안, 어디 가?"

"오더 못 들었어?"

하지만 이안은 대답 대신 빠르게 좌표를 스캔하기 시작했다.

말로 설명하는 것보다 행동으로 보여 주는 것이 배는 확실하고 빠른 방법이었으니 말이다.

'돌개바람의 범위는 5미터. 내가 지금 여섯 걸음 정도 움직였으니까…….'

관문의 통로는 좁고 기다란 구조를 가지고 있다.

통로의 폭은 어지간하면 5미터라는 범위 안에 들어온다는 이야기다.

까가강-!

창을 휘둘러 다가오는 노움을 밀쳐낸 이안이, 또렷한 어조로 실프에게 오더를 내렸다.

"실프, 돌개바람!"

그리고 이안의 오더를 들은 사라와 바네사는 더욱 사색이 되고 말았다.

"이안, 미쳤어?"

"애들 상대로 돌개바람을 쓰면 어쩌자는 거야?"

사라와 바네사는 노움의 고유 능력을 완벽히 이해하고 있었다.

때문에 돌개바람이 불러올 '재앙'까지도 그대로 머릿속에 떠올라 버렸다.

하지만 그것은 잠시였을 뿐.

"……!"

"어엇?"

두 자매가 이안의 의도를 알아채는 데에는, 그리 오랜 시간이 걸리지 않았다.

휘이잉— 휘이이잉—!

멀찍이 소환된 돌개바람이, 정확히 한 마리를 제외한 노움들을 빨아들이기 시작한 것이다.

그것을 확인한 사라는 순간 소름이 돋는 것을 느꼈다.

'미친, 이게 가능해?'

어둡고 안개 낀 통로.

조금만 멀어져도 제대로 된 위치 파악이 힘든 이 좁은 맵에서 이안의 범위 계산이 말도 안 되게 정확했기 때문이다.

사실 돌개바람을 역으로 이용해서 노움들을 격리한다는 발상은, 기발하지만 생각하지 못할 정도는 아니다.

그러나 이런 난전 속에서 5미터의 거리 계산을 해낸다는 것, 그리고 그것을 실행에 옮긴다는 것은…….

'어떻게 이런 유저가 아직까지 알려지지 않을 수 있는 거지?'

이론상으로나 가능한 플레이라 할 수 있었다.

"멍 때리지 말고 빨리 마무리해!"

멀찍이서 들려오는 이안의 목소리에, 사라는 번뜩 정신이

들었다.

이안이 벌어 준 시간 안에 눈앞의 노움을 무조건 처치해야
만 했으니 말이다.

퍼퍼펑-!

샐러맨더의 불꽃과 사라가 쏘아 낸 마법의 구체가 작열하
면서, 노움의 생명력이 빠르게 깎여 나가기 시작했다.

-파티원 '사라'가 대지의 정령 '노움'에게 치명적인 피해를 입혔습니다!

-'노움'의 생명력이 275만큼 감소합니다!

-바네사의 정령 '샐러맨더'가 대지의 정령 '노움'에게 치명적인 피해
를 입혔습니다!

-'노움'의 생명력이 301만큼 감소합니다!

40퍼센트 수준에서 순식간에 10퍼센트 수준까지 노움의
생명력이 빠르게 깎여 내려갔다.

다가오는 노움 무리를 막기 위해 분산되던 공격이 한데 모
이니, 안정적인 딜링이 가능해진 것이다.

'돌개바람의 지속 시간은 10초. 이 녀석 정도는 여유 있게
잘라 낼 수 있겠어.'

여유가 생긴 사라의 시선이 다시 이안을 향해 움직였다.

돌개바람이 지속되는 시간 동안 이안이 뭘 하고 있을지 궁
금했기 때문이었다.

그리고 이안을 발견한 사라는 자신도 모르게 입을 쩍 벌리
고 말았다.

퍼펙– 퍼퍼펙–!

돌개바람의 한복판에 들어선 이안과 실프가 노움 한 마리를 미친 듯이 쥐어 패고 있었기 때문이었다.

"저, 저⋯⋯!"

한 마리의 노움을 끊어 낸 것에 만족하지 못한 이안이 외곽 쪽에서 빨려 들어가던 다른 노움의 앞을 막아선 것이다.

–파티원 '이안'이 대지의 정령 '노움'에게 치명적인 피해를 입혔습니다!

–'노움'의 생명력이 359만큼 감소합니다!

–'노움'의 생명력이 331만큼 감소합니다!

허둥대며 돌개바람의 중앙으로 빨려드는 노움과 쉴 새 없이 창을 휘둘러 노움을 외곽으로 쳐 내는 이안.

거기에 이안의 뒤편에서 쉴 새 없이 바람을 쏘아 대는 실프까지.

둘의 합공을 피하기 위해 노움은 발버둥치고 있었지만, 이안의 창술이 그렇게 녹록할 리 없었다.

때문에 노움은, 돌개바람의 인력引力에도 불구하고 오히려 외곽으로 조금씩 밀려나고 있었다.

게다가 놀랍게도 노움의 생명력이 뭉텅이로 깎여 나가고 있는 게 아닌가!

녀석이 모여 있는 노움들의 중첩된 버프를 받았다면, 절대로 이만한 대미지를 입히는 것이 불가능했다.

'그리고 보니 저 녀석만 버프의 범위 바깥으로 빠져나와

있잖아?'

이것이 가능한 이유는 이안이 '돌개바람'의 범위와 '든든한 친구'의 범위 차이를 이용했기 때문이다.

'든든한 친구'의 적용 범위보다 돌개바람의 범위가 2미터나 넓기 때문에, 이안에게 맞아 밀려난 노움이 버프의 범위에서 빠질 수 있었던 것이다.

상황을 곧바로 이해한 사라가 지팡이를 들며 시동어를 외쳤다.

"대지의 기둥!"

사라는 남아 있던 두 개의 기둥을 연달아 소환하였고…….

쿠쿵- 쿵!

솟아난 기둥에 넉백당한 노움은, 아예 돌개바람 범위 바깥쪽으로 밀려 나왔다.

그리고 그 사이, 바네사는 첫 번째 노움을 깔끔히 처리하였다.

띠링-!

-최하급 대지의 정령 '노움'을 성공적으로 처치하셨습니다!

-초월 경험치가 13만큼 증가합니다.

당황스러운 것은 이안이 공격하던 노움도 빈사 상태가 되었다는 점이었다.

"실프, 마무리하자!"

사륵- 사르륵-!

돌개바람의 효과로 방어력이 감소한 데다, 바람 속성에 상성이 나쁜 대지 속성을 가진 노움.

　　퍼퍼펑—!

　　─최하급 대지의 정령 '노움'을 성공적으로 처치하셨습니다!

　　─초월 경험치가 14만큼 증가합니다.

　　끙끙대며 한 마리도 잡기 힘들었던 노움이, 이안이 움직이자마자 순식간에 두 마리나 제거되어 버렸다.

　　그리고 이쯤 되자, 사라뿐만 아니라 바네사도 뭔가 이상하다(?)는 것을 깨달을 수밖에 없었다.

　　"너……. 대, 대체 뭐야?"

　　놀라서 말까지 더듬는 바네사.

　　이안은 피식 웃으며, 정령왕의 심판을 번쩍 치켜들었다.

　　"자, 지금부턴……."

　　이안의 한쪽 입꼬리가 씨익 말려 올라갔다.

　　"내가 오더 잡는다. 이의 없지?"

　　사라와 바네사는 저도 모르게 고개를 주억거리고 말았다.

　　사라와 바네사는, 이안이 오더를 잡는 것에 대해 티끌만큼도 거부감이 없었다.

　　오히려 이안의 오더에 조금이라도 더 충실하기 위해 노력

하는 것이 보일 정도였다.

그리고 그것은 이안으로서도 무척이나 의외라고 할 수 있었다.

'자존심을 좀 세울 줄 알았는데…….'

일반적인 랭커들에게서는 결코 볼 수 없는 태도였으니 말이다.

하지만 사라와 바네사는 달랐다.

그녀들에게 중요한 것은, 오로지 게임을 '잘'하는 것이었다.

'어디서 튀어나온 녀석인지는 모르지만……. 이안, 이 녀석과 함께하면 리누스를 넘어설 수 있을지도 몰라.'

리누스는 독일 서버의 통합 랭킹 2위이자 마법사 랭킹 1위인 유저였다.

하지만 사라가 보기에는 이안의 실력이 리누스보다도 더 뛰어난 듯했다.

'이 녀석을 중간계에서 만나서 다행이야. 만약 지상계에서 만났다면, 실력을 알아보기 힘들었겠지.'

사라는 이안을 재능은 최상위권이지만 게임을 조금 늦게 시작한 '후발 주자'쯤으로 착각하였다.

그녀는 이안의 레벨을 300레벨 중반 정도의 상위권으로 추측했다.

만약 이안이 400레벨에 육박했다면, 독일 서버에 아직까지 알려지지 않았을 리 없었기 때문이었다.

물론 정령계에 들어오기 위한 퀘스트의 레벨 제한이 400이긴 했었지만, 다른 루트로 진입할 수 있을지도 모른다고 생각했다.

더해서 지상계의 50레벨 정도 격차는 초월 레벨 한두 개로 커버할 수 있는 차이였으니, 이안이 활약하는 것도 이해 가능한 범위이고 말이다.

어쨌든 두 자매가 이안의 오더를 잘 따른 덕분에, 첫 번째 관문은 어렵지 않게 돌파할 수 있었다.

띠링-!

-첫 번째 관문을 성공적으로 돌파하셨습니다!

-공헌도가 산정됩니다.

-이안 : 1,021 : A+

-사라 : 995 : A

-바네사 : 893 : A-

-공헌도가 D 이하일 경우, 관문에서 탈락합니다.

-공헌도 부족으로 탈락했을 경우, 재도전이 가능합니다.

첫 번째 관문 통로의 마지막에 도착하자, 굳건히 닫혀 있던 철문이 열리며 하얀 빛이 새어 나왔다.

그리고 계속해서 시스템 메시지가 떠올랐다.

-'소환술사 판의 시험 I (직업)(연계)' 퀘스트를 성공적으로 완수하셨습니다!

-초월 경험치를 100만큼 획득하셨습니다.

-명성을 10만 만큼 획득하셨습니다.

-잔여 시간 : 5분 24초/30분

-클리어 등급 : A+

-A이상의 등급으로 클리어하셨습니다.

-정령 마력(초월)을 30만큼 획득합니다.

-소환 마력(초월)을 12만큼 획득합니다.

메시지를 읽어 내려가던 이안은 뿌듯한 표정이 되었다.

정령 마력과 소환 마력을 제법 후하게 얻었기 때문이었다.

'정령계 입장할 때 줬던 만큼 또 얻었네.'

이안이 정령계에 들어와서 얻은 정령 마력과 소환 마력을 전부 합산하면, 각각 40, 42이다.

이렇게 숫자로 써 놓으면 별것 아닌 것처럼 보일지 몰라도, 이건 '초월'로 환산된 능력치였다.

직업 능력치는 초월로 환산될 때 100 : 1의 비율이 적용되기 때문에, 지상계로 따지면 4천에 육박하는 수치를 각각 얻은 것이다.

이안은 정보 창을 열어, 오랜만에 두 능력치를 확인해 보았다.

-정령 마력 : 127(초월)

-소환 마력 : 76(초월)

'소환 마력의 경우에는, 지상계에서 얻은 수치를 전부 합한 것보다도 여기서 더 많이 얻었군.'

이안은 기분이 들뜨는 것을 느꼈다.

판의 관문을 전부 통과하여 '정령술'을 획득하고 나면, 전투에 다시 '정령'을 활용할 수 있을 것 같았기 때문이다.

아직 멀긴 했지만, 지금의 다섯 배 정도만 스텟을 모으면 충분히 위력을 발휘할 수 있으리라.

보상에 대한 정리를 끝낸 이안이 사라와 바네사를 슬쩍 응시해 보았다.

두 사람 역시 이안처럼, 보상으로 얻은 스텟을 확인해 보는 중인 듯했다.

"바로 2관문 넘어갈 거지?"

이안의 물음에, 두 쌍둥이 자매는 동시에 고개를 끄덕였다.

"물론이지!"

"마지막 관문까지 바로 뚫자고!"

신이 난 자매를 보며, 이안은 피식 웃었다.

'얘들도 참 단순하단 말이야.'

첫 번째 관문을 돌파하면서, 이안은 나름대로 두 자매에 대해 파악하였다.

그리고 두 자매가 왜 붙어 다니는지도 알 수 있었다.

'바네사는 피지컬이 엄청나. 대신 게임 센스나 상황 판단 능력이 부족하지.'

이안이 느낀 바네사는 컨트롤 능력 하나만큼은 톱클래스였다.

조금 과장해서 말하면, 이안 본인과 비견해도 큰 차이가 느껴지지 않을 정도.

근데 문제는 그 컨트롤 능력이 1차원적인 수준에 국한된다는 것이었다.

'아마 아무 스킬도 소환수도 없는 1레벨 초보자인 상태에서, 나와 바네사가 1:1 PK를 한다면 승부를 장담할 수 없을지도……'

하지만 바네사는 게임 센스와 스킬에 대한 이해도가 많이 부족했다.

때문에 사라의 오더가 없이는, 어지간한 상위 랭커 수준도 되기 힘들었다.

'반면에 사라는, 피지컬이 좀 부족해. 대신 시야가 엄청 넓고 게임 이해도가 훌륭하지. 스킬 응용 능력도 뛰어나고……'

사라의 피지컬이 나쁘다는 말은 아니었다.

다만 랭킹 10위권의 톱클래스를 기준으로 생각하면 부족하다는 이야기다.

반면에 사라의 게임 이해도와 센스는 톱클래스로서 전혀 부족함이 없었다.

사라의 오더에 따라 완벽히 움직여 주는 바네사.

그리고 바네사와 소환수들을 완벽하게 서포팅하는 사라.

이게 쌍둥이 듀오의 전투 알고리즘이었던 것이다.

다만 이 파티에는, 지금까지 한계가 있을 수밖에 없었다.

'사라의 피지컬이 부족하기 때문에, 바네사가 보여 줄 수 있는 최고의 플레이까지 끌어낼 수 없는 거지.'

바네사의 피지컬이 100이라면, 사라는 80~90 정도까지밖에 이해하지 못한다.

본인이 100의 능력을 가져 본 적이 없기 때문이다.

그래서 더 좋은 오더를 내릴 수 있음에도 불구하고, 그 아래 단계에서 한정 지어 버리는 것이다.

하지만 이안은 다르다.

이안은 바네사의 능력 전부를 이해할 수 있는 실력을 가졌고, 사라 이상의 게임 센스와 상황 판단 능력을 가지고 있다.

때문에 이안의 오더가 파티의 능력을 더욱 높은 수준으로 끌어올릴 수 있게 된 것이다.

그리고 그 신세계를 본 두 자매는 이안의 오더에 중독되어 버렸다.

"뭐 해, 이안? 빨리 움직이자고!"

"맞아, 맞아!"

그래서 바네사는 두고두고 후회할, 엄청난 실수를 해 버리고 말았다.

"벌써 지쳐 버린 건 아니겠지?"

바로, 철인 이안을 도발해 버린 것이다.

이안은 씨익 웃으며 엄지손가락을 치켜 올렸다.

"그런 자세 좋아, 바네사. 한번 달려 보자고!"

이어서 파티의 눈앞에 새로운 시스템 메시지가 떠올랐다.

띠링—!

-'소환술사 판의 시험Ⅱ(직업)(연계)' 퀘스트가 시작됩니다.

-정령 '실프'가 소환 해제됩니다.

-정령 '샐러맨더'가 소환 해제됩니다.

-정령 무기 '땅의 지팡이'가 소멸합니다.

줍다랗고 긴 통로의 형태였던 판의 첫 번째 관문.

하지만 두 번째 관문은 전혀 다른 형태를 가지고 있었다.

"저 탑을 오르라는 건가?"

사라의 중얼거림처럼, 두 번째 관문에는 거대한 탑이 세워져 있었다.

족히 20~30층은 되어 보일 정도로 까마득히 높은 탑의 등장.

이어서 이안 일행의 눈앞에, 두 번째 관문과 관련된 퀘스트가 생성되었다.

띠링—!

---

**'소환술사 판의 시험Ⅱ(직업)(연계)'**

첫 번째 관문을 무사히 통과한 당신에게 두 번째 관문에 도전할 기회가 주어졌다.

두 번째 관문에서는 당신들에게 새로운 정령(정령 무기)이 주어질 것이다. 당신들은 주어진 정령을 이용해 관문을 통과해야 하며, 만약 파티원에게 주어진 정령 중 하나라도 사망한다면, 당신들은 관문 통과에 실패하게 될 것이다.

오염된 정령들을 성공적으로 처치하고 세 번째 관문의 입구까지 도착하자.

**퀘스트 난이도** : C+

**퀘스트 조건** : '소환술사 판의 시험 II' 퀘스트를 클리어한 유저.

소환술사 클래스이거나, 소환술사 클래스를 파티에 포함한 유저.

**제한 시간** : 20분

*모든 몬스터 웨이브를 돌파하여 세 번째 관문에 도착하면 퀘스트가 완료됩니다.

**보상** : 초월 경험치 125
　　　　명성 10만

'이번에는 정령 선택권이 사라지는 건가?'

퀘스트 창을 읽어 내려가던 이안은 흥미로운 표정이 되었다.

어떤 정령이 주어질지 기대되었기 때문이다.

그리고 이안의 생각을 듣기라도 한 듯, 곧바로 시스템 메시지들이 떠올랐다.

띠링-!

-물의 정령, '운디네'가 소환되었습니다.

-제한되었던 모든 아이템의 고유 능력들이 전부 회복됩니다(아이템의 능력치는 회복되지 않습니다).

"오오……!"

메시지를 확인했는지 흥분한 바네사의 목소리가 들려왔다.

그리고 그 목소리를 들은 이안이 피식 웃음 지었다.

'그래. 아이템에 붙은 고유 능력들을 쓰고 싶어서 근질거리겠지.'

이안은 이 '판의 관문'이라는 곳이 무척 마음에 들었다.

지금까지 경험해 본 적 없는, 신선한 방식의 던전이기 때문이었다.

단순한 전투로 돌파하는 던전보다는 이렇게 머리를 굴려야 하는 던전이 더 재밌으니까.

'아이템의 능력치는 그대로 0인 상태에서 고유 능력만 회복시켜 준다라……'

빠르게 머리를 굴린 이안은, 장비를 바꿔서 착용하였다.

-'정령왕의 심판' 아이템을 착용 해제하였습니다.

-'블러디 리벤지' 아이템을 착용하였습니다.

-'귀룡의 방패' 아이템을 착용하였습니다.

'방패'라는 장비의 가장 큰 단점은, 착용하는 순간 양손무기의 능력치를 대폭 하락시킨다는 점이었다.

하지만 능력치가 0으로 설정되어 있는 지금의 상황에서는, 방패만큼 고효율의 무기도 없다고 할 수 있었다.

그래서 이안의 선택은 '블러디 리벤지'와 '귀룡의 방패'의 조합이었다.

'정령왕의 심판에 붙은 고유 능력도 충분히 좋지만, 변수를 만들어 내기엔 블러드 스플릿만 한 게 없으니까.'

아이템 선택을 끝낸 이안은, 사라와 바네사를 한 번씩 응시하였다.

그녀들에게 주어진 정령과 정령 무기가 어떤 것인지 확인하기 위해서였다.

'바네사에겐 노움이 주어졌고, 사라에겐 불의 지팡이가 주어졌네.'

그리고 또 하나의 사실을 깨달을 수 있었다.

'정령과 정령무기가 랜덤으로 주어진 게 아니었군.'

'바람'이었던 이안에게 주어진 것은 '물'이었고, '불'이었던 바네사에게 주어진 것은 '땅'이었다.

마지막으로 '땅'이었던 사라에게 주어진 것은 '불'.

첫 번째 관문에서 선택했던 속성의 '반대 속성'이 주어진 것이다.

이안은 첫 번째 관문에서 짰던 조합이 정말 중요했다는 사실을 다시 한 번 느낄 수 있었다.

첫 번째 관문에서 속성 밸런스를 잘 맞췄기 때문에, 두 번째 관문에서도 밸런스가 맞아 들어간 것이니 말이다.

생각을 마친 이안이 두 자매를 향해 씨익 웃어 보였다.

"준비됐지?"

그리고 두 자매는 약속이라도 한 듯 동시에 대답하였다.

"가자!"

"당연하지!"

불의 정령인 샐러맨더가 마법 공격형 정령이었다면, 땅의 정령인 노움은 퓨어 탱커였다.

그리고 바람의 정령인 실프가 공격형 서포터였다면, 물의 정령인 운디네는 완벽히 서포팅형 정령이었다.

---

**운디네(물의 정령)**

**정령력** : 0/200                    **속성** : 물

**등급** : 최하급 정령

**소환 지속 시간** : 250분 (재소환 대기 시간 : 300분)

**공격력** : 65                      **방어력** : 105

**민첩성** : 67                      **지능** : 185

**생명력** : 3,120

고유 능력

*물의 축복 (재사용 대기 시간 30초)

−대상에게 물의 축복을 내려, 얇은 보호막을 생성합니다. 보호막은 모든 피해를 흡수하며, 흡수한 피해량만큼 대상의 생명력을 회복시켜 줍니다. 보호막은 3초 동안 지속됩니다.

*정령력이 Max가 되면 상위 정령으로 진화합니다.

(물 속성을 필요로 하는 소환 마법을 사용할 때마다 일정량의 정령력이 차오릅니다.)

*소환술사의 소환 마력이 높을수록 정령의 소환 지속 시간이 길어집니다.

---

그리고 이안은, 운디네의 고유 능력이 무척이나 마음에 들었다.

'아무런 고유 능력도 사용할 수 없었던 첫 번째 관문에서야 정령들이 주력 딜러였지만…… . 이제는 내가 활약할 차례니까.'

블러디 리벤지와 귀룡의 방패의 고유 능력들을 활용한다면, 이안은 혼자서 정령들 전부보다 강력한 힘을 발휘할 자신이 있었다.

때문에 운디네의 고유 능력이 '서포팅'인 것이 가장 효율이 좋을 수밖에 없었다.

공격 마법을 사용하는 것보다 이안 캐릭터를 서포팅해 주는 게 훨씬 도움될 테니 말이다.


탑을 오르기 시작한 이안은 사라에게 제안을 하나 하였다.

"사라."

"응?"

"이번에는 네가 오더를 보는 게 나을 것 같아."

그리고 생각지 못했던 이안의 제안에, 사라는 커다란 눈을 깜빡이며 되물었다.

"어째서?"

"나는 너희의 장비들에 부여된 고유 능력들을 잘 모르잖아. 반면에 사라, 너는 적어도 바네사가 가진 고유 능력들을 전부 꿰고 있을 테고."

"그건 그렇지."

"그래서 이번에는 사라 너한테 오더를 맡길게."

"뭐, 그렇다면야……."

이안에게 오더 포지션을 다시 받은 사라는, 고개를 천천히 주억거렸다.

틀린 말이 없었으니 말이다.

하지만 이안의 말은 아직 끝난 게 아니었다.

"대신, 나한테 프리 롤Free Role을 줘."

"……!"

"앞에서 제대로 휘저어 볼게."

'프리 롤'이란 축구에서 많이 쓰는 용어로, 말 그대로 '역할을 한정 짓지 않는' 포지션이다.

오더와 포지션에 구애받지 않고 전장을 마음껏 휘저을 수 있는, 팀 최고의 에이스에게만 부여되는 포지션.

이안은 지금부터, 마음껏 날뛰어 볼 생각이었다.


총 25층으로 이루어진 빙하의 첨탑.

이안 일행은 5층까지 엄청난 속도로 주파하였다.

그리고 그것은 당연한 수순이었다.

난이도가 첫 번째 구역과 크게 차이나지 않는 데다, 아이템에 걸려 있던 고유 능력들의 제약이 전부 풀렸으니 말이다.

이안 일행이 5층까지 주파하는 데 걸린 시간은 정확히 5분이었다.

하지만 이안은 만족스럽지 않았다.

아니, 만족스러울 수 없었다.

'이거 시간제한이 너무 빠듯한데…….'

이 이상 빠르게 돌파할 수 없다 생각될 정도로 움직였음에도, 제한 시간이 너무 짧았기 때문이다.

무려 1분에 한 층씩 뚫은 것이지만, 문제는 20분 안에 25층까지 뚫어야 된다는 것.

이 속도로 올라가다가는 제한 시간이 되기 전에 꼭대기에 도달할 수 없다.

─관문 2구역, '빙하의 첨탑' 5층을 돌파하였습니다.

─'빙하의 첨탑' 6층에 입장합니다.

심지어 6층에 입장하자마자, 던전의 양상이 일변하였다.

쿵─ 쿠쿵!

1~5층에서는 본 적 없었던, 새로운 정령들이 등장하기 시작한 것이다.

"아무래도 상위 등급 정령인 것 같지?"

사라의 말에, 바네사가 고개를 끄덕이며 대답하였다.

"맞아. 저기 보이는 '카샤'라는 녀석. 불의 하급 정령이야. 내가 소환해서 써 본 적이 있거든."

사라의 말을 들은 이안은, 살짝 굳은 표정이 되었다.

쩍이를 진화시켜 본 경험이 있는 그로서는, 정령의 등급 차이 하나가 얼마나 큰 차이인지 잘 알기 때문이었다.

'뭔가 방법을 찾아야 해.'

검의 손잡이를 한차례 고쳐 잡으며, 이안은 6층의 맵을 빠르게 스캔하였다.

카일란 기획 팀이 돌파가 불가능한 관문을 만들어 놨을 리는 없었다.

그리고 이안의 두 눈이 예리하게 빛났다.

'5층까지는 천장이 막혀 있었는데, 6층부터는 위로 뻥 뚫려 있네?'

첨탑의 5층까지는, 무척이나 단순한 구조였다.

널따란 탑의 내부를 돌파하여 반대편으로 이동하면, 상위 층으로 올라가는 계단이 존재하는 방식이었던 것이다.

하지만 6층부터는 거의 최상위 층까지 통째로 이어진 구조인 듯했다.

탑의 외곽을 따라 마치 용수철의 모양처럼 나선형으로 끝없이 솟아 있는 계단들.

그리고 그 계단 곳곳에는 수많은 하급 정령들이 길목을 지키고 서 있었다.

'일일히 뚫고 지나가다간 절대로 시간 내에 도착할 수 없어.'

하급 정령의 생명력은, 모르긴 몰라도 최하급 정령들의 두 배 이상이 될 것이다.

정상적으로 모든 정령들을 처치하며 길을 뚫었다가는 아무리 빨라도 지금부터 30분 이상 걸릴 것이라는 게 이안의 생각이었다.

'이게 물리적으로 가능하려면, 몬스터들을 무시해야 해.'

이안의 눈이 전방을 향했다.

어느새 사라와 바네사는 합을 맞춰가며 계단을 오르고 있었다.

어쨌든 이안에게 주어진 것은 프리 롤이기에, 이안과 관계없이 두 사람의 할 일을 하고 있는 것이다.

그런데 그때, 이안의 머릿속에 한 가지 생각지 못했던 가정이 떠올랐다.

'혹시, 관문을 뚫는다는 게……. 한명만이라도 마지막 구역에 도달하면 되는 건 아닐까?'

퀘스트 창에는 어디에도, 몬스터를 섬멸해야 한다거나 하는 이야기가 없다.

게다가 첫 번째 관문의 경우를 생각해 보니, 이안의 가정은 더욱 그럴싸해졌다.

'맞아. 첫 번째 관문에서도, 마지막 지점에 가장 먼저 도착한 건 나였어. 그리고 나머지 둘이 도착하기 전에 퀘스트 완료 메시지가 떠올랐었지.'

물론 이안이 먼저 도착한 것은, 몇 초도 채 되지 않는 근소한 차이였다.

차이가 많이 났었더라면, 이안이 그때 바로 알아챘었을 테니 말이다.

'그래, 어디 한번 해 보자.'

양손에 블러디 리벤지와 귀룡의 방패를 꼭 움켜 쥔 이안은, 운디네를 향해 명령을 내렸다.

"운디네, 내 바로 뒤에 바짝 따라붙어야 돼."

스륵— 스르륵.

운디네가 작은 머리를 까딱이며, 이안의 말에 대답하였다.

그리고 그 순간, 이안의 신형이 허공으로 쏘아졌다.

파아앗—!

블러디 리벤지의 고유 능력 '블러드 스플릿'을 발동시킨 것이다.

"어, 어엇!"

자신의 옆을 쏜살같이 스쳐 가는 핏빛 그림자에, 사라의 입에서 놀란 음성이 새어 나왔다.

그리고 그 붉은 그림자는, 사라와 바네사가 공격 중이던 정령의 전면에 그대로 작렬하였다.

콰아앙—!

이어서 세 사람의 눈 앞에, 시스템 메시지가 떠올랐다.

띠링—!

—파티원 '이안'이 고유 능력 '블러드 스플릿'을 발동시켰습니다.

—불의 하급 정령 '카사'에게 치명적인 피해를 입혔습니다.

-'카사'를 성공적으로 처치하셨습니다!

순간적으로 놀란 사라가 가슴을 쓸어내렸고…….

"어후, 깜짝이야. 심장 떨어지는 줄 알았네."

바네사가 삐죽거리며 핀잔을 주었다.

"앞에 딴 놈도 많은데 왜 여기다가 고유 능력을 낭비한 거야?"

하지만 다음 순간, 두 자매는 더욱 놀랄 수밖에 없었다.

카사를 처치한 이안의 신형이 다시 한 번 허공을 향해 도약하고 있었던 것이다.

그런데 당황스러운 것은, 이안의 그림자가 쏘아진 곳이 뻥 뚫린 던전의 중심부라는 점이었다.

"기껏 올라가 놓고 왜 내려오는 거야?"

"차라리 전방에서 계속 뚫어 주지!"

블러드 스플릿을 사용하여 이안이 도착한 곳은 7층으로 올라가는 계단의 언저리 정도.

거기서 다시 중앙을 향해 도약했으니, 6층으로 떨어져 내릴 것이라 생각한 것이다.

하지만 두 사람의 예상은 완벽히 빗나갔다.

허공에 붕 뜬 이안의 주변에 다시금 붉은 혈무血霧가 피어오른 것이다.

블러드 스플릿의 재사용 대기 시간이 초기화되었다는 의미.

이안의 두 눈동자는 날카롭게 움직이기 시작했다.

'일단 한 놈. 그리고 뒤에 둘.'

모든 장비의 능력치가 제로인 상태에서, 블러드 스플릿 한 방에 정령을 처치한다는 것은 불가능한 일이었다.

때문에 이안은, 최대한 많은 정령에게 블러드 스플릿을 맞출 생각이었다.

'약점 포착도 사용할 수 없으니, 최소 다섯 마리는 맞춰야 안전해.'

약점 포착을 사용할 수 있다면, 이안은 거의 100퍼센트의 확률로 치명타를 띄울 자신이 있었다.

하지만 아이템의 능력 외에 다른 스킬들을 사용할 수 없는 지금, 치명타를 띄울 수 있는 확률은 반반 정도였다.

약점의 위치를 정확히 확인할 수 없기 때문이었다.

처음 '카사'를 처치하면서 쌓아 놓은 치명타 1스텍.

그리고 치명타 3스텍이 쌓여야, 블러드 스플릿의 재사용 대기 시간이 돌아온다.

이번 블러드 스플릿으로 두 마리 이상의 정령에게 치명타를 띄워야 하는 것이다.

각을 재던 이안의 온몸이 완전히 빨갛게 물들었다.

'지금……!'

파앙―!

그와 동시에, 허공에서 힘을 잃고 떨어져 내리던 이안의 신형이 튕겨져 나가듯 상층부로 솟구쳐 올랐다.

허공을 가르는 핏빛의 섬광.

그 강렬한 섬광은, 계단에 비스듬히 모여 있던 정령들의 사이를 거침없이 헤집고 들어갔다.

−불의 하급 정령 '카사'에게 치명적인 피해를 입혔습니다.

−땅의 하급 정령 '노에스'에게 피해를 입혔습니다.

−바람의 하급 정령 '실라프'에게 치명적인 피해를 입혔습니다.

블러디 리벤지를 역수로 움켜쥔 이안이 정령들 무리 사이에서 튀어 나왔다.

그리고 여지없이 붉은 핏빛 안개가 다시 피어올랐다.

"저게 어떻게 가능한 거지?"

순식간에 8층까지 뛰어오른 이안을 보며, 바네사는 어이없다는 표정이 되었다.

그녀는 '블러드 스플릿'이라는 고유 능력에 대해 몰랐기 때문이다.

멍한 표정의 바네사를 보며, 사라가 친절하게 설명해 주었다.

"조건부 쿨 초기화 옵션 달린 고유 능력이야."

"그, 그래?"

"하지만 초기화 조건 충족이 그렇게 쉽지만은 않을 텐데……."

두 자매가 대화하는 사이, 이안의 신형은 또다시 상층부를 향해 쏘아져 나갔다.

그리고 그것은, 연달아 세 번이나 더 이어졌다.

-조건을 충족하셨습니다.

-'블러드 스플릿' 고유 능력의 재사용 대기 시간이 초기화됩니다.

이안은 그야말로 순식간에 10층까지 올라섰다.

파앙-!

하지만 그렇게 연속해서 블러드 스플릿을 사용하는 것도 무한하게 이어질 수는 없었다.

운 나쁘게 치명타 스텍이 덜 쌓이면서 스킬 연계가 끊긴 것이다.

11층에 올라선 이안은, 모여드는 정령들을 보며 옅은 한숨을 내뱉었다.

"생각보다 빨리 끊겼네."

하지만 이 또한 예상치 못했던 상황은 아니다.

귀룡의 방패를 치켜든 이안이, 정령들을 향해 걸음을 옮겼다.

"자, 딱 다섯 놈만 잡아 볼까?"

이안의 한쪽 입꼬리가 씨익 말려 올라갔다.

수많은 하급 정령들의 사이에 둘러싸인 이안.

사라와 바네사가 걱정스런 목소리로, 이안을 향해 소리

쳤다.

"죽을 것 같으면 밑으로 그냥 뛰어내려!"

"그래, 우리가 어떻게든 살려 볼게!"

그녀들의 걱정은 당연한 것이었다.

이안의 실력이 뛰어난 것은 알지만, 지금의 상황이 너무 위험했기 때문이다.

그녀들로서는 서너 마리 상대하기도 벅찬 하급 정령들이 십수 마리 넘게 이안을 노리고 있었으니 말이다.

하지만 당사자인 이안은 여유 넘치는 표정이었다.

'이제 두 번째 카드를 꺼내 볼까?'

이안의 두 번째 카드는 바로, '귀룡의 방패'에 부여되어 있는 고유 능력들.

방패의 고유 능력인 '귀룡의 혼'과 '귀룡의 분노' 또한, 블러드 스플릿 못지않게 훌륭한 능력들이었다.

'쿨감 8퍼센트 초월 옵션은 덤이고 말이지.'

이 두 개의 능력은, 이안이 버틸 수 있게 하는 힘이 되어 줄 것이었다.

---

**\*귀룡의 혼**

귀룡의 혼과 교감하여, 원하는 위치에 즉각적으로 방패의 분신을 소환할 수 있게 됩니다.
소환된 분신은 3초간 모든 투사체를 흡수하며, 15초 동안 사라지지 않고 유지됩니다.

-한 번에 최대 세 곳에 분신을 소환할 수 있습니다.
-아이템을 장비하고 있지 않아도 사용이 가능합니다(단, 인벤토리에 보유 중이어야만 함).
-귀룡의 혼이 유지되는 동안, 모든 소환수들의 생명력이 초당 1퍼센트씩 회복됩니다.
**재사용 대기 시간 : 10분**

**\*귀룡의 분노**
적의 공격을 방어하는 데 성공할 시, 15퍼센트의 확률로 흡수한 피해의 50퍼센트만큼을 돌려줍니다.
또, 적의 공격을 방어한 횟수가 1회 누적될 때마다 0.5퍼센트만큼씩 공격력 버프가 걸리게 되며, 100회가 누적될 시 5초 동안 무적 상태가 됩니다.
-버프는 최대 100회까지 누적이 가능하며, 15초 동안 지속됩니다.
-버프의 지속 시간이 끝나기 전에 공격 방어에 성공할 시, 지속 시간이 초기화됩니다.

　특히 '귀룡의 분노'는, 최강의 버프 스킬이자 생존 스킬이었다.
　'블러드 스플릿이 돌아올 때까지 딱 다섯 놈만 잡아 보자.'
　타탓-!
　목표를 세운 이안의 신형이 전방을 향해 튀어 나갔다.
　그를 처음 막아선 것은 하급 바람의 정령인 '실라프'였다.
　까강- 깡-!
　이안의 검과 실라프의 장창이 맞부딪치며 낭랑한 쇳소리

가 울려 퍼졌다.

'이 녀석도 실피드처럼 물리 공격형 정령인 것 같군.'

불의 하급 정령 카사와 바람의 하급 정령 실라프.

지금 이안을 에워싼 적들은, 이 두 종류의 정령들이었다.

'일단 전투를 주도하려면 카사의 고유 능력을 알아야만 해.'

실라프의 고유 능력은 이미 대충 알고 있었다.

상층부까지 올라오는 과정에서 실라프의 고유 능력 발동 장면을 확인한 것이다.

창을 빠르게 휘둘러 연속해서 전방을 찌르는 단거리 딜링 스킬.

반면에 카사의 고유 능력이 발동되는 것은 아직 보지를 못하였다.

'어그로를 한번 끌어 볼까?'

까강-!

이안은 달려드는 실라프를 힘껏 밀어내어, 그 반동을 이용해 반대편으로 도약했다.

그리고 카사의 움직임을 세밀하게 관찰하기 시작했다.

'고유 능력이 논타깃 범위 스킬이라면, 지금쯤 캐스팅을 시작할 텐데……'

대상의 움직임이 빠르고 실력이 뛰어날수록 논타깃 스킬을 맞추는 것은 어려워진다.

하지만 어지간해서는 논타깃 스킬을 피할 수 없는 상황이 있었으니, 바로 허공으로 도약할 때였다.

특별한 고유 능력이 아니고서는 허공에서 방향을 바꿀 수 있는 방법이 존재하지 않기 때문이다.

대상이 도약하는 순간 낙하 지점 예측은 어렵지 않았고, 미리 그 위치를 향해 투사체를 날리면 되니까.

그래서 일정 수준 이상의 AI를 가진 몬스터들은, 그 시점을 노려 스킬을 발동시키도록 설계되어 있었다.

이안은, 바로 이 시스템을 노린 것이다.

'역시……!'

그리고 이안의 예상은 정확하게 들어맞았다.

우우웅-!

이안의 주변에 포진해 있던 다섯 마리의 '카사'들의 주변에 붉은 화염이 일제히 솟아오르기 시작했다.

쿠쿵- 쿵-!

"뭐지?"

빙하의 첨탑 25층.

아래쪽에서 들려오는 커다란 진동음에, 힐끗 시선을 돌린 남자가 아래쪽을 내려다보았다.

그러자 옆에 있던 다른 사내가 핀잔을 준다.

"랄프, 뭐 하는 거야? 제한 시간 얼마 안 남았다고!"

"알아, 체스크. 정확히 5분 30초 남아 있지."

"여유 부리지 마, 랄프. 조금이라도 빨리 클리어해야 보상이 더 좋다는 거 몰라?"

"잠깐 기다려 봐. 밑에 누군가 있는 것 같아서 그래."

"……?"

카일란 미국 서버의 최상위 랭커이자, 전사 랭킹 2위의 유저인 랄프.

며칠 전 겨우 정령계 원정 파티를 구성하는 데 성공한 그는, 지금 서리동굴의 두 번째 관문을 통과하는 중이었다.

파티의 숫자는 파티장인 랄프를 포함하여 총 넷.

미국 서버 전사 랭킹 2위인 랄프와, 궁사 랭킹 4위인 체스크. 사제 랭킹 14위인 뮤엘과 소환술사 랭킹 7위인 이니스코였다.

사실 랄프는 정령계가 존재한다는 사실을 일주일 전부터 알고 있었다.

다만 진입하지 못하고 있었던 이유는, 조건을 충족한 '소환술사'를 구하지 못해서였다.

현재 미국 서버에는 400레벨이 넘는 소환술사가 열 명도 채 되지 않으니 말이다.

하여 랄프 파티가 정령계에 입성한 것은 바로 어제의 일.

때문에 그는 지금의 상황이 무척이나 혼란스러웠다.

'벌써 정령계에 대한 정보가 새어 나간 건가? 어떻게 후발 주자가 벌써 들어올 수 있는 거지?'

현재 미국 서버의 다른 랭커들은 거의 대부분이 리치 킹 에피소드 클리어에 투입되어 있었다.

랄프가 아는 한 미국 서버에 지금 정령계를 공략할 만한 인물은 없는 것이다.

난간 아래를 훑어보는 랄프의 눈빛이 날카롭게 빛나기 시작했다.

'대체 누구냐?'

까마득하게 뻥 뚫려 있는 첨탑의 중정中庭.

그리고 그 공간을 휘감고 있는 나선형의 계단.

랄프의 눈동자가 빠르게 던전을 스캔했다.

잠시 후…….

'찾았다!'

그의 눈에, 검과 방패를 든 한 남자의 모습이 들어왔다.

장비의 외형으로 보아서는 기사 클래스인 듯 보이는 한 남자.

그런데 랄프는, 곧 어처구니없는 표정이 될 수밖에 없었다.

"뭐지? 설마…… 혼자 들어온 건가?"

랄프의 중얼거림을 들은 체스퍼가 옆에서 끼어들었다.

"뭐야, 정말 누가 있어?"

"그렇다니까."

랄프의 시선을 따라 난간 아래쪽을 내려다 본 체스퍼는, 랄프와 같은 표정이 되었다.

"저거, 뭐 하는 놈이지?"

"누군지 짐작 가는 랭커는 있어?"

"아니, 모르겠어. 딱 보니 기사 클래슨데……. 투구에 얼굴이 다 가려져 있어서 확인이 안 되네."

랄프의 얼굴이 눈에 띄게 구겨졌다.

콘텐츠를 독점하기 위해 리치 킹 에피소드 공헌도까지 전부 포기하고 정령계에 들어왔건만, 이렇게나 빨리 후발 주자에게 따라잡히니 기분이 좋을 수 없는 것이다.

'PK라도 할 수 있으면 싹을 잘라 버릴 텐데……. 이거 정말 거슬리는군.'

체스퍼가 인상을 잔뜩 찌푸리고 있는 랄프의 손을 잡아끌며, 다시 입을 열었다.

"일단 고민은 나중에 하고, 우린 다음 구역이나 넘어가자, 랄프. 뮤엘이랑 이니스코가 기다리고 있어."

"크흠, 그래야겠지?"

"그리고 걱정할 필요 없어."

"왜?"

"저 녀석, 이번 관문에서 좌절할 테니 말이야."

"……?"

"파티 다 잃고 혼자 남은 기사 클래스가 여기까지 어떻게 뚫고 올라오겠어?"

"파티를 다 잃다니?"

"생각해 봐. 쟤 딱 봐도 기사 클래슨데 소환술사 없이 어떻게 여길 혼자 들어와?"

"아……!"

"우리처럼 파티 꾸려서 들어왔다가, 전멸하고 혼자 남은 게 분명해."

체스퍼의 설명에 랄프는 고개를 주억거렸다.

당황한 나머지 너무 간단한 전제를 놓쳐 버리고 만 것이었다.

소환술사 없이는 판의 관문에 도전할 수 없다는 전제.

그리고 이쯤 되자, 구겨졌던 얼굴이 조금 펴질 수 있었다.

'그래. 차이야 벌리면 그만이지.'

십수 마리의 정령들에게 둘러싸인 채 공격당하고 있는 기사(?) 클래스 유저를 보며, 랄프는 미련 없이 걸음을 돌렸다.

후발 주자가 한 팀 들어왔다는 것은 언제든 정령계에 대한 정보가 퍼질 수 있다는 이야기.

더욱 서둘러야만 할 이유가 하나 더 추가되었다.

쩍 벌어진 정령들의 입에서, 용암에 잠긴 날카로운 파편들이 끝없이 쏟아져 나왔다.

마치 용암으로 만들어진 물대포를 연상케 하는, '카사'의 고유 능력 '라바 캐논Lava Cannon'.

다섯 갈래의 용암 줄기가 사방에서 쏟아졌고, 허공에 도약한 이안의 신형은 그곳을 향해 떨어져 내리고 있었다.

누가 보아도 퇴로가 없는, 즉사를 면치 못할 것 같은 상황이었지만, 이안의 표정은 무덤덤하기 그지없었다.

단지 날아드는 용암 줄기의 위치를 다시 한 번 파악할 뿐이었다.

우우웅-!

옅은 공명음과 함께, 이안의 방패가 파랗게 빛나기 시작했다.

"귀룡의 혼!"

이안의 입에서 나직한 어조의 시동어가 흘러나왔다.

이어서 이안의 주변으로, 파란 빛이 뿜어져 나왔다.

그리고 그 푸른빛들은 세 개의 반투명한 방패의 형상을 만들어 내었다.

위이잉-!

이안의 주변, 세 곳의 좌표에 나타난 신비한 형상의 방패들.

알아채기 힘들 정도의 짧은 시간 차로 생성된 세 개의 방패들은, 각각 쏟아지는 용암의 줄기들을 막아 내기 시작했다.

각도나 좌표가 조금은 틀어질 법도 하건만, 세 개의 귀룡의 혼은 완벽한 위치에 정확히 소환되었다.

콰콰콰콰─!

하지만 아직, 위기 상황을 전부 벗어난 것은 아니었다.

쏘아진 라바 캐논의 숫자가 세 줄기가 아니었으니 말이다.

아직 두 줄기의 용암덩이들은 이안을 향해 쇄도하고 있
었다.

그것은 그야말로 일촉즉발의 상황이었다.

이대로 바닥에 떨어져 내린다면 두 줄기의 용암 모두 이안
을 정확히 직격할 테니 말이다.

그런데 그 순간, 떨어져 내리던 이안이 방패의 각도를 슬
쩍 틀어 내렸다.

'지금……!'

먼저 도달한 용암 덩이를 향해, 방패를 들이민 것이다.

그리고 그 순간.

콰아아─!

방패로 받아 낸 용암의 압력에 의해, 이안의 신형이 살짝
뒤편으로 밀려 나갔다.

쿵─!

쏘아진 용암의 미는 힘을 이용해, 원래 떨어졌어야 할 위
치보다 조금 뒤쪽에 착지한 것이다.

그리고 이안이 밀려난 자리로, 마지막 한 줄기의 용암이
획 하고 스쳐 지나갔다.

좌라락—!

이어서 이안의 눈앞에 세 줄의 시스템 메시지가 떠올랐다.

—'방패 막기'에 성공하셨습니다!

—'라바 캐논'의 위력을 88.75퍼센트만큼 흡수했습니다!

—생명력이 174만큼 감소합니다!

—'귀룡의 분노' 능력이 발동합니다.

—공격력이 0.5퍼센트만큼 상승합니다.

방금 이안이 보여 준 컨트롤은 완벽한 설계에 의한 것이었다.

세 개의 방패를 소환한 좌표부터 시작해서, 마지막 순간에 용암의 반동을 이용한 것까지.

모든 행동이 계산된 것이었으니 말이다.

'시간 차가 생각보다 빠듯했어.'

다섯 마리의 카사는 동시에 고유 능력을 캐스팅하였으나, 이안으로부터의 거리는 제각각 달랐다.

하여 이안은, 가장 거리가 가까운 카사와 가장 먼 카사의 용암을 제외한 세 줄기의 용암을 먼저 차단하였다.

가장 거리 차이가 큰 두 줄기 용암이 도착하는 시간차를 이용해, 착지하게 될 좌표를 비틀어 버린 것이다.

그야말로 이론상으로나 가능한 계산과 움직임이라 할 수 있었다.

깎여 나간 생명력을 확인한 이안이 작은 목소리로 중얼거렸다.

"이거 생각보다 센데?"

거의 90퍼센트의 피해를 흡수하였는데 174이라는 대미지가 나왔다.

그 말인 즉, 그대로 맞았으면 거의 1,600에 육박하는 피해를 입었을 것이라는 이야기.

'세 줄기만 맞았어도, 그대로 사망했겠군.'

아이템의 능력치가 전부 0인 지금, 초월 상태인 이안의 생명력은 5천도 채 되지 않았다.

4,800정도의 대미지라면, 그대로 골로 가는 게 당연한 상황인 것이다.

어느 정도 예상했던 위력이기는 했지만, 등골이 서늘한 것은 어쩔 수 없었다.

'정신 바짝 차려야겠어.'

자세를 다잡은 이안이, 내밀었던 방패를 회수하였다.

위기를 넘겼으니 이제 반격할 타이밍이었다.

'고유 능력 빠진 껍데기들부터 처리해 볼까?'

빠르게 주변을 훑어본 이안이 순식간에 전방으로 튀어 나갔다.

타탓-!

바람의 정령 '실라프'들이 달려들었지만, 타깃은 뒤편에 있는 '카사'들이었다.

까강- 깡-!

방패를 움직여 실라프들의 공격을 가볍게 막아 낸 이안이, 블러디 리벤지를 휘두르기 시작했다.

그리고 그와 동시에 시스템 메시지가 주르륵 하고 떠올랐다.

띠링-!

-'귀룡의 분노' 능력이 발동합니다.

-공격력이 0.5퍼센트만큼 상승합니다.

-'귀룡의 분노' 능력이 발동합니다.

-공격력이 0.5퍼센트만큼 상승합니다.

지금 이안의 전략은 무척이나 간단했다.

공격 속도가 빠른 실라프들을 이용해서 우선 버프 스텍을 풀 스텍까지 쌓으려는 것이다.

방패 막기에 한 번 성공할 때마다 0.5퍼센트씩 중첩되는, '귀룡의 분노' 고유 능력의 공격력 버프.

실라프들의 공격을 막다 보면 맥시멈 수치인 100 중첩까지 어렵지 않게 쌓을 수 있을 것이었다.

까강- 까가강-!

게다가 귀룡의 분노는, 15퍼센트의 확률로 흡수한 피해를 반사하는 능력도 가지고 있었다.

-'귀룡의 분노' 능력이 발동합니다.

-바람의 하급 정령 '실라프'에게 피해를 돌려줍니다.

-'실라프'에게 487만큼의 피해를 입혔습니다!

생명력이 1만에 육박하는 하급 정령들이지만, 400~500의 피해가 누적되는 것은 무시할 수 있을 만한 수준이 아니다.

때문에 방어하는 것만으로도, 이안은 실라프들의 생명력을 야금야금 갉아먹을 수 있었다.

"흣차……!"

쉴 새 없이 방패 막기를 발동시키며 실라프들의 사이를 비집고 나온 이안은, 가장 가까운 곳에 있던 카사를 먼저 공략하기 시작했다.

촤락- 촤아악-!

이미 공격력 버프가 제법 중첩되어 있었기 때문에 이안의 검날은 무척이나 날카로웠다.

게다가 카사의 경우 마법 공격형 정령이기 때문에 실라프보다 탱킹 능력이 훨씬 약했다.

-불의 하급 정령 '카사'에게 치명적인 피해를 입혔습니다!

-'카사'의 생명력이 502만큼 감소합니다.

-'카사'의 생명력이 635만큼 감소합니다.

제대로 공격이 박히기 시작하자, 생명력 게이지가 쭉쭉 깎여 나간 것이다.

하지만 이안의 생명력 게이지도 그렇게 상태가 좋지만은 않았다.

-남은 생명력 : 2,984

방패 막기에 성공하더라도 0의 피해를 입는 것은 아니기 때문에, 누적된 대미지가 제법 되었던 것이다.

　물론 피하거나 막지 못하고, 공격을 허용하는 경우도 한 번씩 있고 말이다.

　이안은 줄어드는 생명력을 수시로 확인하며, '귀룡의 분노' 버프의 중첩 상태를 체크하였다.

　'38중첩……. 풀 스텍 쌓을 때까지 버티는 건 역시 무리겠는데.'

　귀룡의 분노 스텍이 100중첩이 되면, 공격력 버프도 버프지만 또 다른 능력이 발동한다.

　5초 동안, 일시적으로 '무적' 상태가 되는 것.

　하지만 100중첩을 쌓기 전에, 생명력이 다 떨어지는 것이 먼저일 것 같았다.

　'그렇다면, 어쩔 수 없지.'

　이안은 더욱 공격적으로 움직이며 '카사'를 난도질하기 시작했다.

　그렇게 20초 정도가 흘렀을까?

　이안은 한 마리 카사를 거의 빈사 상태로 만듦과 동시에, 죽기 직전의 상태에 이르렀다.

　그리고 그 순간, 이안의 뒤를 따라다니던 물의 정령 '운디네'의 고유 능력이 발동하였다.

　-물의 최하급 정령 '운디네'의 고유 능력, '물의 축복'이 발동하였습

니다.

파란 빛과 함께 이안의 주변에 일렁이는 투명하고 맑은 보호막.

이어서 이안은 방패를 뒤로 젖힌 채 카사의 전면으로 뛰어들었다.

카사의 입에서 불덩이가 튀어나오고 있었지만, 전혀 상관없었다.

아니, 오히려 그 불덩이를 최대한 정면으로 맞아야만 했다.

그래야 소진된 생명력을 가득 채울 수 있으니 말이다.

-'카사'에게 치명적인 피해를 입었습니다!

-'물의 보호막'이 발동합니다.

-생명력을 1,209만큼 회복합니다.

더하여 후방에서 찔러 오는 실라프의 공격들도 그대로 다 받아 주었다.

-생명력을 598만큼 회복합니다.

-생명력을 759만큼 회복합니다.

이로 인해 바닥까지 떨어졌던 이안의 생명력이 다시 가득 차올랐음은 당연한 수순이었다.

'물의 축복' 고유 능력의 지속 시간은 고작 3초였지만, 이안에겐 그 정도의 시간이면 충분했다.

후우웅-!

제 역할을 다한 투명한 보호막이 스르륵 하고 허공으로 녹

아든다.

이제 물의 축복을 다시 사용하려면, 27초의 시간을 더 버텨야만 한다.

'귀룡의 분노도 있고. 그 정돈 충분히 버티겠지.'

전투 사이클을 완벽히 완성한 이안은 거침없이 날뛰었다.

대미지 계산부터 시작하여 모든 설계가 완벽히 끝났으니, 이제는 주춤거릴 이유가 없었다.

-'귀룡의 분노' 능력이 발동합니다.

-'무적' 상태가 되었습니다.

피를 머금은 검을 휘두르며 미친 듯이 정령들을 썰어 대는 이안.

그런데 특이한 것은 이안이 날뛰고 있음에도 불구하고 아직 단 한 마리의 정령도 사망하지 않았다는 점이었다.

다만 십수 마리가 넘는 정령들의 생명력이 거의 대부분 절반 이하로 떨어져 있었다.

이안은 한 마리를 노리는 것이 아니라, 골고루 최대한 많은 정령들의 생명력을 갉아먹고 있었다.

그렇게 얼마간의 시간이 더 흘렀을까?

띠링-!

이안의 눈앞에, 기다리고 있었던 시스템 메시지 한 줄이 떠올랐다.

-'블러드 스플릿' 고유 능력의 발동 준비가 완료되었습니다.

이안의 손에 들린 핏빛 검에서 다시 붉은 안개가 피어오르기 시작한 것이었다.

"바네사, 좌측으로 뚫자! 나 좀 엄호해 줘!"

"알겠어, 언니!"

파티의 전력에서 이안이 빠져나갔지만, 두 자매는 꿋꿋이 탑을 오르고 있었다.

이안이 앞서나간 5분 동안, 두 자매가 올라온 층수는 총 세 층.

2분마다 한 층씩은 돌파한 셈이었으니, 결코 느린 속도가 아니었다.

하지만 이제 10분 정도밖에 남지 않은 제한 시간을 생각해 보면, 암울한 상황이라고 할 수 있었다.

'휴, 이거……. 이대로 실패해야 하는 건가?'

아직도 까마득하게 남아 있는 상층부를 올려다본 사라는, 고개를 절레절레 저었다.

이제는 정말, 이안이 변수를 만들어 주기를 기대하는 수밖에 없었다.

"블링크 고유 능력 붙어 있는 완드를 하나 사 놨어야 하는 건데……."

사실 이 관문이 어려운 이유는, 아이템에 붙어 있는 고유 능력을 제외한 스킬이 전부 제한되어 있기 때문이었다.

만약 스킬 사용이 가능했더라면, 순간 이동 스킬인 블링크를 이용해 어렵지 않게 상층부까지 도착할 수 있었을 테니 말이다.

그리고 사라의 중얼거림처럼, 블링크 고유 능력이 붙은 아이템을 가지고 있었다면 정말 쉬운 관문이 되었을 것이다.

문득 사라의 뇌리에, 먼저 올라간 이안의 뒷모습이 떠올랐다.

블러드 리벤지의 고유 능력을 활용하여, 기상천외한 방식으로 치고 올라간 이안.

'따로 파티 메시지가 안 뜬걸 보니, 사망한 건 아닐 텐데…… 대체 어디서 뭘 하고 있는 거지?'

먼저 올라간 이안은 이상하리만치 조용했다.

무슨 속셈으로 올라간 건지 알 수 없었지만, 정령을 처치했다는 메시지조차 뜨지 않고 있었으니 말이다.

'확실히 대단한 녀석이기는 하지만…… 이제는 기대를 버리는 게 좋겠지?'

사라의 입가에 쓴웃음이 걸렸다.

어쨌든 한 번밖에 도전할 수 없는 퀘스트에 실패한다는 생각을 하니, 아쉬운 게 당연한 것이다.

그런데 바로 그때였다.

띠링-!

한 줄의 시스템 메시지가 떠올랐다.

-파티원 '이안'이 하급 불의 정령 '카사'를 처치하셨습니다!

-초월 경험치가 16만큼 상승합니다.

"어……?"

"으응?"

메시지를 확인한 사라와 바네사의 시선이 동시에 위쪽을 향하였다.

5분이 넘게 소식이 없던 이안으로부터 뜻밖의 메시지가 공유되었기 때문이었다.

"어떻게 된 거지?"

바네사는 낮은 목소리로 중얼거리며 상층부를 두리번거렸다.

그런데 그때, 두 사람의 눈앞에 수많은 메시지들이 주르륵 하고 떠오르기 시작했다.

띠링-!

-파티원 '이안'이 하급 불의 정령 '카사'를 처치하셨습니다!

-파티원 '이안'이 하급 불의 정령 '카사'를 처치하셨습니다!

……중략……

-파티원 '이안'이 하급 바람의 정령 '실라프'를 처치하셨습니다!

"……!"

"이게 뭐야?"

도저히 이해할 수 없는 상황에, 두 자매의 눈이 동시에 확대되었다.

3초도 채 안 되는 짧은 시간 동안, 무려 열댓 마리가 넘는 정령을 처치했다는 메시지가 떠올랐기 때문이었다.

이안의 전투를 지켜보지 않은 두 사람으로서는 납득이 불가능한 메시지들이었다.

"이게 어떻게…… 가능한 거지?"

상대하던 정령이 있었다는 사실도 잊은 채, 멍한 표정으로 중얼거리는 바네사.

그리고 그 순간, 붉은 빛깔의 그림자가 허공으로 솟아오르는 것이 두 자매의 눈에 비쳤다.

쐐액- 쐐애애액-!

허공을 가르는 날카로운 파공성과 함께, 붉은 핏빛 안개가 사방으로 흩어진다.

온통 하얀 눈으로 뒤덮인 첨탑의 한복판에 어지러이 수놓아지는 붉은 섬광의 그림자들.

그리고 그림자가 지나간 자리에는 정령들의 사체가 그대로 내려앉았다.

'처치 시 재사용 대기 시간 초기화'라는 블러드 스플릿의 부가 효과를 이용한, 그림과도 같은 한 장면.

그야말로 장관이라 할 수 있는 광경이었다.

띠링—!

—특정 조건을 충족하였습니다!

—'정령 학살자' 칭호를 획득하셨습니다!

생각지 못했던 칭호도 얻었지만, 이안은 신경 쓰지 않았다.

색깔이 보랏빛인 것으로 보아 '영웅' 등급의 칭호.

이안이 가진 칭호들 중 전설 등급의 칭호만도 수없이 많았기 때문에 신경이 쓰일 이유가 없었다.

그리고 사실, 신경 쓸 여유가 없기도 했다.

지금 이안에게 중요한 것은 어떻게든 25층을 뚫는 것이었으니까.

파앗—!

순식간에 열댓 마리의 정령들을 몰살시킨 이안이 허공을 향해 도약하였다.

이어서 꼭대기 층까지 쭉 뚫려 있는 첨탑의 하늘을 올려다보았다.

'이 정도 거리면……. 충분히 가능해!'

우우웅—!

잔잔한 진동음과 함께, 이안의 신형이 다시 붉게 물들기 시작한다.

그리고 그것은 질주의 시작이었다.

파아앙-!

강렬한 파동음과 함께 이안의 신형이 수직으로 쏘아져 올라갔다.

대각선으로 쏘아진 것이 아니었기 때문에, 이안의 신형은 한 번에 거의 서너 개의 층을 돌파해 버렸다.

게다가 그것이 끝이 아니었다.

파앙- 파아앙-!

발동된 블러드 스플릿의 추진력이 사라짐과 동시에, 또다시 고유 능력이 발동된 것이다.

그리고 그것은 무려 네 번이나 연속해서 이어졌다.

쐐애애액-!

사방으로 파공성을 흩뿌린 이안의 신형이 첨탑의 꼭대기까지 솟구쳐 올라갔다.

이어서 이안이 착지한 곳은 2관문의 종착지가 보이는 지역.

첨탑의 25층이었다.

탓-!

가볍게 꼭대기 층에 내려앉은 이안은 안도의 한숨을 내쉬었다.

"휴우, 해냈어!"

이마에 흐르는 땀방울을 걷어 낸 이안의 입가에, 뿌듯한 미소가 걸렸다.

이번에는 이안조차도 성공할 수 있을지 여부를 확신하지

못하고 있었던 것이다.

그런데 이안은 어떻게 블러드 스플릿을 연속으로 네 번이나 발동시킨 것일까?

아무런 몬스터도 존재하지 않는 허공에서 말이다.

그것의 비밀은, 바로 '치명타' 스텍에 있었다.

치명타를 3회 발동시킬 시 재사용 대기 시간을 초기화시킬 수 있는 블러드 스플릿의 조건부 옵션.

이안은 무려 열두 개가 넘는 치명타 스텍을 쌓은 것이다.

사실 치명타 스텍을 네 개 이상 쌓는 것은 일반적인 상황에서라면 불가능하다.

치명타 스텍이 세 개가 되는 순간, 스킬의 재사용 대기 시간이 돌아오며 스텍이 사라지기 때문이었다.

하지만 단 하나, 예외의 경우가 있었으니.

치명타 스텍이 세 개 이상임에도 불구하고, 블러드 스플릿 스킬이 활성화되어 있는 상황이었다.

그리고 이 상황을 가능하게 만들 수 있는 방법도 딱 하나가 있었다.

세 번째 치명타가 모이는 순간, 적을 처치하는 것.

블러드 스플릿이 발동되며 적이 사망한다면, 치명타 스텍과 관계없이 재사용 대기 시간이 돌아오니 말이다.

이안은 바로 이 시스템을 이용하기 위해, 정령들을 처치하지 않고 빈사 상태로 모아 둔 것이었다.

죽을 위기를 몇 번 넘기면서까지 말이다.

그리고 아슬아슬하게 줄타기를 해 가며 블러드 스플릿의 재사용 대기 시간을 기다린 전략은, 보다시피 완벽하게 먹혀들어갔다.

"자, 그럼……. 이제 끝내 볼까?"

작은 목소리로 중얼거린 이안의 신형이, 종착지를 향해 빠르게 쏘아졌다.

달려드는 정령들이 있었지만, 상대해 줄 시간 같은 것은 없었다.

조금이라도 빨리 클리어해야 공헌도가 높게 책정되기 때문이었다.

첨탑의 25층.

그 북쪽에서 새하얗게 일렁이는 하나의 포털.

그곳에 도착한 이안은, 망설임 없이 그 안으로 몸을 날렸다.

그리고 그 순간, 이안의 시야에 기다렸던 메시지가 떠올랐다.

띠링-!

-두 번째 관문을 성공적으로 돌파하셨습니다!

-공헌도가 산정됩니다.

-이안 : 1,765 : SS+

-사라 : 479 : C-

-바네사 : 510 : C

－공헌도가 D이하일 경우 관문에서 탈락합니다.

　－공헌도 부족으로 탈락했을 경우 재도전이 가능합니다.

　관문을 성공적으로 돌파했다는 기분 좋은 시스템 메시지들.

　이안의 예상대로 아무나 한 사람만 먼저 도착하면 관문이 클리어되는 형식이었던 것이다.

　그리고 계속해서 시스템 메시지가 떠올랐다.

　－'소환술사 판의 시험Ⅱ(직업)(연계)' 퀘스트를 성공적으로 완수하셨습니다!

　－초월 경험치를 125만큼 획득하셨습니다.

　－명성을 10만 만큼 획득하셨습니다.

　－잔여 시간 : 8분 56초/20분

　－클리어 등급 : S+

　－S 이상의 등급으로 클리어하셨습니다.

　－정령 마력(초월)을 50만큼 획득합니다.

　－소환 마력(초월)을 30만큼 획득합니다.

　무려 50이나 되는 초월 정령 마력과 30이나 되는 소환 마력 보상을 보며, 이안은 기분이 날아갈 것만 같았다.

　'역시 A등급 클리어와 S등급 클리어는 보상 수준이 엄청나게 차이나네.'

　그리고 포털 안으로 들어선 이안의 시야가 환해지며 더욱 기분 좋은 메시지들이 떠올랐다.

　띠링－!

–초월 레벨 상승 조건을 충족하셨습니다.

–초월 레벨이 상승합니다!

–초월 5레벨이 되었습니다.

–'소환술사 판의 시험Ⅲ(직업)(연계)' 퀘스트가 시작됩니다.

–정령 '운디네'가 소환 해제됩니다.

–정령 '노움'이 소환 해제됩니다.

–정령 무기 '불의 지팡이'가 소멸합니다.

서리동굴의 안내양 예뿍이는, 판의 관문이 총 세 개로 이루어져 있다 하였다.

그리고 그 말인 즉, 이번 관문이 드디어 마지막 관문이라는 이야기였다.

"휘유!"

한차례 크게 심호흡을 한 이안이 한 걸음 앞으로 내디뎠다.

그리고 그와 동시에 이안의 뒤쪽으로 두 개의 그림자가 나타났다.

우웅– 우우웅–!

그것은 당연히, 빙하의 첨탑 8층에서 이안의 모습을 멍하니 보고 있던 두 자매의 그림자였다.

"대, 대박."

"대체 무슨 마술을 부린 거야?"

두 자매.

그중에서도 특히 바네사는, 이안의 팔을 부여잡고 호들갑을 떨기 시작했다.

"이안, 진짜 대단해!"

"나, 오늘부터 널 존경하기로 결심했어."

"진짜 엄청나!"

사실 이 연계 퀘스트는 마법사인 사라보다 소환술사인 바네사에게 훨씬 중요하고 의미 있는 퀘스트이기 때문이었다.

소환술사의 신규 콘텐츠나 다름없는 '정령술'을 얻을 수 있는 기회가 이 퀘스트의 성공 여부에 달려 있었으니 말이다.

두 자매의 호들갑을 보며 피식 웃은 이안은 전방을 향해 눈짓하며 입을 열었다.

"감사 인사는 다 끝난 뒤에 받도록 할게."

"알겠어. 내가 정령계 퀘스트 다 끝나고 나면, 거하게 한 번 쏠게!"

"맞아 맞아. 프랑크푸르트로 놀러 오라고. 배 터질 때까지 고기만 먹여 줄 테니까."

이안은 신이 난 두 자매를 보며 고개를 절레절레 저었다.

'프랑크푸르트는 무슨……. 제주도도 한 번 안 가 봤는데.'

아직 비행기 한 번 타 본 적 없는 이안에게 독일은 너무나도 먼 곳이었다.

어쨌든 성공적으로 마지막 관문에 도착한 세 사람은 주변을 둘러보며 맵을 스캔하기 시작했다.

긴 통로의 형태였던 첫 번째 관문.

높은 첨탑의 형태였던 두 번째 관문.

마지막 이 세 번째 관문은, 커다란 공터의 모습을 하고 있었다.

그리고 커다란 공터 중앙에는, 거대한 크기의 크리스털이 두둥실 떠올라 있었다.

'저게 뭐지?'

얼음과 무척이나 흡사한, 반투명한 재질로 만들어진 크리스털.

그 안쪽에 무언가 들어 있는 것도 같았지만, 빛이 굴절되어서 그런지 잘 보이지는 않았다.

"일단 저쪽으로 한번 가 볼까?"

사라의 물음에, 이안은 고개를 끄덕이며 대답했다.

"그래. 아무래도 저 안에 뭔가 있는 것 같네."

이안 일행은 조심스런 발걸음으로, 크리스털을 향해 다가갔다.

아직 세 번째 퀘스트가 떠오르지는 않았지만, 어떤 변수가 존재할지 모르기 때문이었다.

그리고 세 사람 모두가 그 앞에 도달했을 때였다.

우우웅-!

커다란 공명음과 함께 크리스털의 내부에서 하얀 빛이 흘러나오기 시작하였다.

띠링-!

이어서 이안 파티의 눈앞에 판의 마지막 퀘스트가 떠올랐다.

---

### '소환술사 판의 시험 III(직업)(연계)'

서리 동굴의 두 번째 관문까지 무사히 통과한 당신들에게 판의 마지막 시험이 기다리고 있다.

세 번째 관문에서는, 당신들에게 새로운 정령(정령 무기)이 주어질 것이다. 당신들은 주어진 정령을 이용해 마지막 관문에서 살아남아야 하며, 만약 파티원에게 주어진 정령 중 하나라도 사망한다면, 당신들은 판의 시험에 낙제하게 될 것이다.

오염된 정령들로부터 끝까지 살아남아, 판이 남긴 정령술의 비전을 받아 내도록 하자.

**퀘스트 난이도 :** B

**퀘스트 조건 :** '소환술사 판의 시험 II' 퀘스트를 클리어한 유저.
소환술사 클래스이거나, 소환술사 클래스를 파티에 포함한 유저.

**제한 시간 :** 없음

*모든 몬스터 웨이브로부터 살아남아 마지막 적까지 처치하면, 퀘스트 클리어 조건이 충족됩니다.

**보상 :** 초월 경험치 200
　　　 명성 20만

---

'이번에는 생존 퀘스트, 아니, 섬멸 퀘스트인가?'

퀘스트 창을 빠르게 읽은 이안이 속으로 중얼거렸다.

그리고 그와 동시에 마지막 관문의 조건을 알리는 메시지가 떠올랐다.

　-중급 화염의 정령, '이그니스'가 소환되었습니다.

　-걸려 있던 모든 제약이 사라집니다.

　그렇게 서리 동굴의 마지막 전투가 시작되었다.

　모든 제약이 사라진다.

　그 말인 즉, 지금까지 꺼낼 수 없었던 모든 소환수들과 모든 스킬들을 전부 활용할 수 있다는 이야기다.

　메시지를 확인한 순간, 이안과 바네사는 마치 경쟁하듯 소환수들을 소환하기 시작했다.

　"라이, 할리, 소환!"

　"라쿠밍, 소환!"

　"카르세우스, 소환!"

　"코르투스, 소환!"

　그러자 다소 초라했던 전장이 수많은 소환수들로 붐비기 시작했다.

　한 서버의 최고 소환술사 랭커답게 바네사 또한 수많은 소환수들을 보유하고 있었던 것이다.

　모든 소환수의 소환이 끝나고 나자 이안은 살짝 입맛을 다

셨다.

'쩝, 루가릭스만 있었으면 중간계의 어지간한 구간은 전부 평정했을 텐데…….'

루가릭스의 초월 레벨은 무려 45이다.

중간계에서만큼은 이안의 파티 전부가 덤벼도 이길 수 없는 상대가 루가릭스인 것이다.

이안은 어떻게든 빨리 '용사의 자격'을 얻고, 루가릭스를 테이밍하여 데리고 다니고 싶었다.

'초월 레벨 10레벨 되는 순간, 용사의 마을인지 뭔지부터 찾아봐야겠어.'

그리고 이안이 이런저런 생각을 하는 동안 널찍한 던전의 바닥 전체에서 하얀 빛이 뿜어져 나오기 시작했다.

몬스터 웨이브가 시작되려는 것이다.

그런데 전투가 시작되기 전, 이안의 뒤로 슬그머니 바네사가 다가왔다.

그리고 그녀의 목소리는 어딘지 모르게 떨리고 있었다.

"이, 이안."

"왜?"

"너 대체……. 정체가 뭐야?"

이안의 앞쪽으로 포진해 있는 소환수들을 보는 바네사의 동공은 가늘게 흔들리고 있었다.

"정체가 뭐냐니. 그게 무슨 말이야?"

"아니, 이게 말이 되는 거야?"

바네사는 손가락을 들어, 가장 오른쪽에 있던 뿍뿍이부터 가리키기 시작했다.

뿍뿍이는 푸른 빛깔의 비늘을 가진 거대한 드래곤으로 현신하여 있었다.

"쟤는 어비스 드래곤이고."

"응."

"옆에는…… 전쟁의 신룡?"

"맞아."

"할리칸이야 그렇다 치는데, 소버린 펜리르에 그리핀. 거기다 피닉스까지……. 저기, 저 용처럼 생긴 거북이는 또 뭔데?"

"쟤는 빡빡이야."

"빡빡이?"

"무튼, 그렇게 알면 돼."

"……."

바네사는 독일 서버 랭킹 1위의 소환술사이다.

어지간한 소환수에 대한 지식이 빠삭할 수밖에 없는 사람인 것이다.

그런 그녀가 보기에, 이안이 보유한 소환수들은 말도 안되는 수준이었다.

'어떻게 유저가 신룡을 둘이나 보유할 수 있는 거지? 이게

카일란 에피소드 진행상 가능한 얘긴가?'

그에 더하여, 정체를 알 수 없는 거대한 해골전사와 발록과 유사한 생김새를 가진 처음 보는 마수까지.

'게다가 죄다 전설 등급 이상인 것 같은데…… 대체 통솔력이 몇인 거지?'

그런데 거기서 끝이 아니었다.

정신이 멍해진 바네사의 귓전으로, 낭랑한 목소리가 들려온 것이다.

"저기, 아줌마."

"……?"

"난 왜 빼먹는 건데요?"

어느새 바네사의 앞으로 다가와 해맑게 웃는, 새하얀 옷을 입은 정체 모를 여자아이.

아이와 눈이 마주친 바네사는 순간 온몸이 굳어 버렸다.

'아줌마'라는 생전 처음 들어 보는 단어에 분노하고 만 것이다.

"뭐? 아, 아줌마?"

하지만 그녀의 분노는 더 이상 이어질 수 없었다.

예쁘장한 여자아이의 몸이 하얗게 빛나더니, 점점 커지기 시작했으니까.

슈우우웅—!

그리고 잠시 후.

그 자리에는 새하얀 광채를 뿜어내는 순백의 드래곤 한 마리가 나타나 있었다.

어비스 드래곤과 전쟁의 신룡에 이은, 빛의 드래곤 엘카릭스의 등장.

"……!"

아예 할 말을 잃어버린 바네사의 귓전으로 이안의 힘찬 목소리가 들려왔다.

"자, 마지막까지 힘내 보자고!"

바네사는 가까스로 정신을 차리고 주변을 둘러보았다.

언제 소환된 것인지, 수많은 오염된 정령들이 이안 파티를 향해 다가오고 있었다.

"랄프, 조금만 더 버텨 줘!"

"젠장, 기사 클래스 하나 있으면 딱 좋겠는데."

"뮤엘, 힐 좀 빨리 돌려 봐!"

우락부락한 바윗덩이로 이루어진, 골렘 형태를 한 거대한 한 마리의 정령.

상급 대지의 정령인 '크루엘'을 상대로 네 명의 유저들이 무척이나 고전하고 있었다.

그들은 바로, 이안 일행보다 먼저 세 번째 관문에 도착한

'랄프'의 파티.

쾅—!

허공에서 무섭게 떨어져 내리는 바위 주먹을 겨우 피한 랄프가 입술을 깨물며 중얼거렸다.

'역시, 5인 트라이를 했어야 했나?'

던전의 NPC인 대두 거북이는 분명, 5인 파티로 트라이하는 것을 권장하였다.

하지만 랄프는 그 말을 무시한 채 던전 공략을 감행하였다.

그것은 몇 가지 복합적인 이유 때문이었다.

첫째로는 자신이 있었으며, 둘째로는 콘텐츠 선점을 위해 갈 길이 바빴고, 셋째로는 더 많은 유저와 콘텐츠를 나눠먹고 싶지 않았기 때문이다.

그리고 두 번째 던전을 클리어할 때까지만 해도, 랄프는 자신의 선택이 옳다 생각하고 있었다.

파티원 '뮤엘'이 가지고 있던 아티펙트 중 최상위 티어의 이속 버프 고유 능력이 있었기 때문에, 너무 쉽게 관문을 통과해 버린 것이다.

현존하는 최강의 생존기로 알려진 고유 능력인 '미로의 축복'.

바람의 신 '미로'의 축복이라는 이름답게 이 고유 능력의 효과는 대단했다.

버프가 지속되는 동안 적을 공격할 수는 없다는 단점이 있긴 하지만, 파티원 전원이 일시적으로 무적 상태가 되는 데다 이동 속도를 300퍼센트나 증가시켜 주는 것이다.

물론 적을 섬멸해야 하는 전투에서는 큰 의미 없는 고유 능력이다.

하지만 두 번째 관문에서는 거의 치트키라 할 수 있는 스킬이었다.

이 능력 덕분에 20층까지 단번에 도착할 수 있었고, 제한 시간 안에 다섯 개 층만 뚫고 올라오면 되는 것이었으니까.

"이니스코, 정령들부터 보호해! 정령 하나라도 죽으면 퀘스트 실패라고!"

"알겠어, 랄프!"

그런데 세 번째이자 마지막 관문인 이곳은 그야말로 지옥이었다.

관문에 입장한 지는 벌써 3시간 째.

적들은 죽여도, 죽여도 끝없이 생성되었으며, 재정비할 수 있는 시간 따위는 존재하지 않았다.

심지어 방금 처음으로 등장한 '상급 정령'은 상대하는 것 자체가 불가능해 보였다.

파티원이 딱 한 명 정도만 더 있었더라도 어떻게든 해 보겠는데, 지금의 전력으로는 끝이 뻔히 보인다.

아슬아슬 줄타기를 하며 어떻게 버티고는 있지만, 이대로 딱 10분만 더 있으면 파티는 전멸할 것이다.

만약 누군가 집중력이 떨어져 실수라도 한다면, 그 순간 전멸이고 말이다.

"체스크, 정신 차려! 하마터면 뮤엘이 스턴 걸릴 뻔했잖아!"

"랄프, 저거 접근 못하게 좀 막아 줘!"

"으아아!"

그야말로 피 말리고 진땀이 다 빠지는, 지옥 같은 서바이벌 마라톤.

그런데 그때, 랄프 파티의 아래쪽에 녹빛의 마법진이 빠르게 그려지기 시작했다.

"……!"

그리고 그것을 확인한 랄프는 망연자실할 수밖에 없었다.

"이게 왜 이 타이밍에……!"

상급 대지의 정령 '크루엘'의 고유 능력인 '대지의 늪'이 발동된 것이다.

범위 내의 모든 대상을 지속 시간 동안 '석화' 상태에 빠지게 하는, 강력한 범위 CC<sub>Crowd Control</sub> 고유 능력.

대지의 늪 고유 능력의 유일한 단점은 캐스팅 시간이 5초나 된다는 것이었는데, 이제는 그 단점이 의미 없었다.

마법진이 그려지기 시작한 이상 끊어 낼 방법은 사라진 것이나 마찬가지니까.

쿠궁- 쿠구궁-!

순식간에 발아래 생긴 회백색의 기운들이 랄프 파티의 전신을 경직시키기 시작했다.

"아, 안 돼!"

그리고 발이 묶인 그들의 머리 위로 거대한 바위 주먹이 떨어져 내리기 시작했다.

그것을 확인한 랄프는 두 눈을 질끈 감아 버렸다.

체크 메이트Checkmate.

더 이상 어찌해 볼 방법이 없는, 외통수였으니 말이다.

이어서 그들의 눈앞에, 새로운 시스템 메시지들이 떠올랐다.

띠링―!

─중급 불의 정령, '이그니스'의 생명력이 전부 소진되었습니다.

─파티원 '뮤엘'의 생명력이 5퍼센트 이하로 떨어졌습니다.

─파티원 '체스크'의 생명력이 5퍼센트 이하로 떨어졌습니다.

……중략……

─세 번째 관문 공략에 실패하셨습니다.

─서리동굴의 입구로 이동됩니다.

커다란 크리스털 앞에 널브러져 있는, 수많은 바윗덩이와 그 파편들.

부서져 여기저기 흩어진 대지의 정령 '크루엘'의 잔해가 초록빛으로 빛나기 시작했다.

슈웅— 슈슈슝—!

그리고 그것을 시작으로, 공간 안에 쌓여 있는 수많은 정령들의 사체가 빛이 되어 흩어졌다.

우우웅—!

속성에 따라 오색빛깔을 뿜어내며 사방으로 흩어지는 수많은 빛줄기들.

하지만 그것들을 바라보는 바네사의 눈빛은 축 늘어져 있었다.

털썩.

바닥에 그대로 주저앉은 바네사가 고개를 절레절레 저으며 중얼거렸다.

"이걸……. 결국…… 깼다니…….

서리 동굴 마지막 관문은, 그야말로 어지간한 에피소드 최종 전투와 맞먹는 괴랄한 난이도의 던전이었다.

물론 다섯 명 풀 파티를 이뤘다면 지금보단 훨씬 수월하게 클리어했을 것이다.

하지만 셋이서 트라이하는 것이 미친 짓이라는 것만큼은 확실한 사실인 것 같았다.

바네사의 옆에 주저앉은 사라 또한, 몸을 축 늘어뜨리며 낮은 목소리로 중얼거렸다.

"진짜 괴물이었어……."

그리고 바네사는, 그녀의 말에 맞장구쳤다.

"맞아. 상급 정령이라는 게 이렇게 강력한 줄은 몰랐네."

하지만 사라는 고개를 절레절레 저으며 옆으로 턱짓을 했다.

"아니, 그 괴물 말고."

"응……?"

"내가 말한 건, 저기 있는 저 괴물이야."

사라의 말을 곧바로 이해한 바네사의 입에서 작은 탄식이 새어 나왔다.

"아……."

사라가 턱짓으로 가리킨 곳에는 아직까지도 아주 쌩쌩해 보이는 한 남자가 서 있었으니까.

바네사는 뭐라 입을 열려 하였지만, 더 이상 말을 이을 수 없었다.

그들의 눈앞에, 관문 통과를 알리는 메시지가 떠오르기 시작했기 때문이었다.

띠링-!

-세 번째 관문을 성공적으로 돌파하셨습니다!

-공헌도가 산정됩니다.

-이안 : 1,533 : S+

-사라 : 987 : B+

-바네사 : 1,025 : A-

-공헌도가 D이하일 경우. 관문에서 탈락합니다.

-공헌도 부족으로 탈락했을 경우. 재도전이 가능합니다.

바네사와 사라는 동시에 안도의 한숨을 내쉬었다.

"휴우."

"후아아……."

공헌도가 D 이하로 나타나는 건 아닌지 조마조마했기 때문이었다.

물론 그럴 리는 없다고 생각했지만, 만에 하나의 경우라도 두려웠던 것.

공헌도 때문에 관문에서 탈락한 이에 한해 재도전이 가능하기는 했지만, 문제는 그게 아니었다.

다시 이 던전을 트라이해야 한다는 생각만으로도, 소름이 돋기 때문이었다.

심지어 이안 없이 말이다.

-'소환술사 판의 시험 III(직업)(연계)' 퀘스트를 성공적으로 완수하셨습니다!

-초월 경험치를 200만큼 획득하셨습니다.

-명성을 20만 만큼 획득하셨습니다.

-소모 시간 : 2시간 47분 52초.

-클리어 등급 : S-

-S이상의 등급으로 클리어하셨습니다.

－정령 마력(초월)을 50만큼 획득합니다.

－소환 마력(초월)을 30만큼 획득합니다.

그리고 나머지 메시지들이 다 떠오르고 나자, 두 자매의 눈에도 천천히 생기가 돌기 시작했다.

온몸에 힘이 빠져 당장이라도 쉬고 싶었지만, 보상이 너무도 달콤했기 때문이었다.

이어서 이안 파티의 앞에 떠오른 커다란 크리스털이 하얀 빛을 뿜어내며 포털을 생성하였다.

그곳에서는 낯익은 한 마리 거북이가 엉금엉금 기어 나오고 있었다.

"수고했뿍. 너희들은 이로써, 내 친구 판이 남긴 모든 시험을 통과했뿍!"

일행을 던전으로 인도해 주었던 NPC, 예뿍이의 등장.

반가운 표정이 된 이안이 그녀를 향해 입을 열었다.

"이제 다 끝난 거지, 예뿍아?"

"그럼, 그럼. 이 정도면 너희들은 판이 남긴 유산을 얻을 자격이 충분하다뿍!"

그리고 그녀의 말이 끝나자마자, 사방으로 빛을 뿜어내던 크리스털이 하얀 가루가 되어 흩어지기 시작했다.

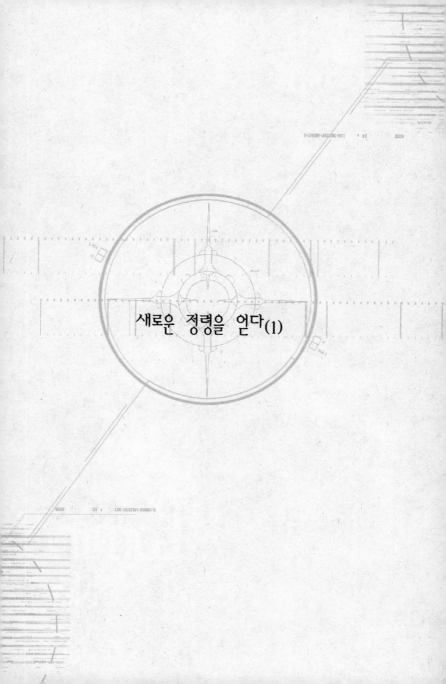

새로운 정령을 얻다(1)

Taming
Master

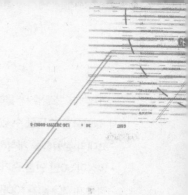

　　서리동굴과 관련된 모든 퀘스트가 완료되며, 이안 일행의 눈 앞에 보상 세례가 펼쳐지기 시작했다.

　　초월 경험치부터 시작해서, 정령술과 관련된 많은 스텟들.

　　거기에 '정령술'이라는 소환술사의 새로운 콘텐츠 오픈까지.

　　이안과 바네사의 양쪽 입꼬리가 귀에 걸렸음은, 말할 필요도 없는 것이었다.

　　띠링-!

　　-'판의 비술서' 아이템을 사용하셨습니다.

　　-'초급 정령술'을 습득합니다.

　　-새로운 콘텐츠 '정령술'이 오픈되었습니다(카일란 한국 서버에 한합니다).

―이제부터 '소환술사' 클래스에 한해 정령계에 있는 모든 정령의 성소에서 '정령술'을 습득할 수 있습니다(카일란 한국 서버의 유저에 한합니다).

　―고대의 정령술을 개척하셨습니다.

　―명성이 50만 만큼 증가합니다.

　―정령 마력(초월)을 100만큼 획득합니다.

　―소환 마력(초월)을 60만큼 획득합니다.

　―'친화력(초월)' 직업 능력치가 15만큼 증가합니다.

　―'통솔력(초월)' 직업 능력치가 17만큼 증가합니다.

　정령술이 오픈되자, 이안의 주변에 오색빛깔의 기운이 넘실거리기 시작했다.

　그리고 잠시 후, 강렬한 이펙트와 함께 모든 빛줄기가 이안의 가슴으로 빨려 들어갔다.

　중간계에서 오픈한 첫 콘텐츠인만큼, 보상부터 시작해서 이펙트까지 화려하지 않은 것이 없었다.

　하지만 이 와중에도 이안은 마냥 헤실거리고 있지 않았다.

　떠오른 시스템 메시지들을 통해 유추해 낼 수 있는 정보들이 많았기 때문이었다.

　'역시…… 한 번 실패하면 다시 도전할 수 없는 퀘스트라더니. 이유가 있었어.'

　사실, 실패 시 재도전이 불가능하다는 페널티는 엄청난 것이었다.

　얼핏 봐서는 한 번이라도 실패하면 '정령술'이라는 신규 콘텐츠를 영원히 얻을 수 없다는 말처럼 들리니 말이다.

그래서 이안은 처음에 이 '판의 관문'의 난이도가 어렵지 않을 것이라 판단했었다.

한 번의 퀘스트 실패로 영원히 '정령술'을 얻을 수 없다면, 유저들의 박탈감이 어마어마할 것이니까.

하지만 이안의 예측은 보란 듯이 빗나가 버렸다.

퀘스트 난이도가 생각했던 것 이상으로 어려웠던 것이다.

심지어 마지막 세 번째 관문은, 아무리 이안이라 하더라도 혼자서는 클리어할 수 없었을 난이도였다.

그래서 이안은 '정령술'을 얻을 수 있는 방법이 서리동굴의 퀘스트 말고도 또 있을 것이라 판단했다.

또 다른 퀘스트가 주어지거나, 그것도 아니라면 다른 어떤 방식으로든 정령술을 얻을 수 있게 해 줄 것이라 생각한 것이다.

그리고 방금 확인한 메시지들에서, 본인의 짐작이 맞았음을 알 수 있었다.

서버당 한 사람만이라도 이 퀘스트를 클리어한다면, 그 서버의 소환술사 유저들 전원이 정령술을 습득할 수 있게 되는 시스템이었던 것이다.

이안 덕분에 한국 서버의 소환술사 유저들은, 정령계에 입성만 할 수 있다면 정령술을 어렵지 않게 습득할 수 있게 되었다.

'뭐, 그렇다고 억울할 건 없지. 능력치 보상이 말도 안 되는 수준이니 말야.'

정령 마력부터 시작해서 통솔력까지.

능력치 보상을 확인한 이안의 입가가 실룩거렸다.

친화력과 통솔력의 증가 수치 자체는 15와 17로, 별것 아닌 것처럼 보일 수 있었지만, 실상은 그게 아니었다.

중간계와 지상계의 직업 능력치 배율은 100 : 1이었으니 말이다.

통솔력 1,700이라는 수치는 400레벨 이상 신화 등급의 소환수 한 마리를 추가로 부리고도 남을 만한 수준이었으니까.

그리고 또, 이 메시지들을 통해 얻을 수 있는 중요한 정보가 있었다.

'한국 서버의 유저가 뚫은 콘텐츠는 한국 서버에 한해서 오픈해 준다라……'

이안은 이 정보를 통해, 카일란 기획 팀의 '중간계' 기획 방향성을 추측할 수 있었다.

'서버 간의 경쟁을 유도하려는 것 같은데.'

콘텐츠 오픈 속도에 따라, 해당 서버 유저들의 발전 속도가 좌우될 것이다.

그리고 카일란의 서버는 국가별로 쪼개져 있다.

이안이 파악한 대로라면 머지않아 국가 간의 경쟁 구도가 만들어질 것이다.

'곧 PK가 가능한 중간계도 열리겠지.'

분석을 끝낸 이안은 흥미진진한 표정으로 바네사와 사라를 슬쩍 응시했다.

단순한 바네사는 그저 헤헤거리고 있을 뿐이었으나, 사라의 표정은 제법 심각해 보였다.

이안은 속으로 고소를 머금었다.

'후후, 사라 정도의 게임 이해도라면 지금쯤 내가 독일 서버 유저가 아닐 수도 있다는 걸 알아차렸겠지.'

이안이 독일 서버의 유저가 아닐 것이라는 추측 정도는 '카일란 ○○ 서버의 유저에 한합니다.'라는 메시지가 뜬 순간, 조금만 더 생각해 보면 유추해 낼 수 있는 부분이었다.

사라와 눈이 마주친 이안의 입에서 피식 웃음이 나왔다.

그녀는 뭔가 하고 싶은 말이 많아 보이는 표정을 하고 있었기 때문이었다.

하지만 이야기는 서리동굴을 나가서 해도 될 일이었고, 지금 이안에게는 더 중요한 게 하나 남아 있었다.

새로 얻게 된 콘텐츠, '정령술'을 확인할 시간이었다.

---

**초급 정령술**

**분류** : 패시브      **스킬 레벨** : Lv.0
**숙련도** : 0퍼센트      **마력 소모** : 없음

정령을 소환하고 교감할 수 있는 능력입니다.
'정령술'의 스킬 레벨과 숙련도가 높아질수록, 소환한 정령과 정령 마법

---

이 강력한 힘을 발휘할 것입니다.
정령의 전투 능력이 소환술사의 '친화력' 스텟에 비례하여 강해집니다.
정령 마력의 위력이 소환술사의 '친화력' 스텟에 비례하여 강해집니다.
*현재 추가 능력치(스킬 레벨0 기준)
소환된 정령의 전투 능력이 '친화력' 능력치의 (100퍼센트)만큼 증가합니다.
소환된 정령 마법의 위력 계수가 '친화력'에 비례하여 증가합니다.

"……!"

'초급 정령술'의 스킬 정보 창을 확인한 이안의 두 눈이 크게 확대되었다.

정령술의 정보창에 쓰여 있는 내용을 통해, 지금껏 갖고 있던 의문점 중 하나가 풀렸기 때문이었다.

'역시! 지금까진 소환술사 직업 스텟 중에 친화력 스텟의 비중이 너무 낮다 생각했었는데…….'

소환술사의 직업 능력치 중 가장 대표적인 것이 바로 통솔력과 친화력, 그리고 조련술이다.

스텟 정보창에도 가장 상단에 떠 있는, 세 개의 능력치이기도 하다.

통솔력이야, 누구나 알다시피 그 어떤 스텟보다도 소환술사에게 가장 중요한 능력치라고 할 수 있었다.

통솔력이 높을수록 더 높은 등급의 소환수를 더 많이 부릴 수 있으니 말이다.

그리고 조련술의 경우에는 소환수 '컨트롤'과 관련이 있으니, 이 또한 무척이나 중요한 능력치였다.

조련술이 높을수록, 소환수들이 오더에 더욱 빠르고 정확하게 반응하니 말이다.

낮은 등급, 낮은 레벨의 소환수야 낮은 조련술로도 최대치의 동화율이 나오지만, 운용할 소환수의 등급이 높고 레벨이 높아질수록 높은 조련술이 필요해지는 것이다.

하지만 지금까지, 이 두 가지 스텟과 달리 친화력은 뭔가 애매한 감이 있었다.

이제껏 친화력 스텟의 역할은 소환수의 포획을 좀 더 쉽게 해 주는 것과 소환수와의 친밀도를 더 빠르게 올릴 수 있도록 해 주는 것.

이 두 가지뿐이었는데, 사실 필요한 능력치이기는 하지만 통솔력이나 조련술처럼 필수적인 능력치는 아니었던 것이다.

친화력이야 시간이 지나면 언젠가 최대치가 될 수밖에 없는 구조이고, 소환수 획득이야 포획 말고도 다른 루트가 얼마든지 많다.

그런데 '정령술'이라는 콘텐츠가 본격적으로 자리 잡기 시작하면, 친화력 스텟의 중요도가 엄청나게 올라가 버린다.

친화력이 높아질수록, 정령들과 정령 마법의 위력이 기하급수적으로 강해질 테니 말이다.

'역시……. 카일란에서 중요하지 않은 스텟은 없었어.'

친화력의 전환 계수를 대충 계산해 본 이안의 고개가 절로 끄덕여졌다.

지상계 기준으로 지금 이안의 친화력이면, 최하급 정령을 꺼내도 어지간한 300레벨대 소환수 이상의 힘을 낼 것이다.

생각에 잠겨있는 이안 일행을 향해, 예뿍이가 다가왔다.

"놀랐냐뿍. 내 친구 판은 정말 대단한 소환술사였다뿍. 특히 판의 정령술은, '중간자'들 중에서도 손가락에 꼽을 정도였다뿍."

판에 대한 기억을 떠올리는지, 아련한 표정이 된 예뿍이.

그런 그녀를 향해, 이안의 시선이 움직였다.

'저 녀석에게 더 뜯어낼 수 있는 정보는 없을까?'

이제 '정령술' 콘텐츠에 대한 대략적인 그림은 그릴 수 있게 되었다.

하지만 이제 첫 발을 내디딘 것일 뿐, 이안은 궁금한 게 너무나도 많았다.

이안은 예뿍이를 향해 슬쩍 입을 열었다.

언제나 그렇지만, NPC에게서 최대한 많은 것을 뜯어내기 위해서는 비위를 맞춰 주는 것이 필수였다.

"그래, 확실히 판은 대단한 소환술사였던 것 같아. 고대의 정령술을 이렇게까지 완벽히 보존시켜 놓다니 말이야."

"뿍— 뿌뿍!"

"이런 대단한 소환술사를 아직까지 모르고 있었다니, 반

테이밍마스터

성해야겠어."

"괜찮뿍! 이제라도 알았으니 됐뿍!"

신이 난 예뿍이와 아무런 위화감 없이 장단을 맞추는 이안.

둘의 대화를 보며, 두 자매는 신기하다는 듯한 표정이 되었다.

"언니, 쟤 이상해."

"그, 그러게. 확실히 정상은 아닌 것 같은데……."

하지만 다음 순간, 두 자매는 귀를 쫑긋 세울 수밖에 없었다.

둘의 대화 속에서, 정령술에 대한 새로운 정보들이 쏟아져 나오기 시작했기 때문이었다.

"휴, 이제 어떻게 할 거야 랄프."

"어쩌긴 뭘 어째. 이제 여기선 더 볼일 없으니 바람의 평원으로 가야지."

"하……. 아쉽다. 한 명만 더 있었으면 무조건 깨는 거였는데."

"너무 아쉬워하지 마, 이니스코. 서리동굴 말고도 정령술 얻을 수 있는 퀘스트가 분명 있을 거야."

"그래, 랄프의 말이 맞아. 연계 퀘스트 깨다 보면, 분명히 다시 기회가 올 거야."

새파란 냉기가 휘몰아치는 서리동굴의 입구.

그 앞쪽의 작은 공터에, 거의 누더기 꼴이 된 네 명의 유저들이 망연한 표정으로 주저앉아 있었다.

그들의 정체는 바로, 판의 마지막 관문에서 좌절한 랄프의 파티였다.

파티의 유일한 소환술사 유저인 이니스코가 한숨을 푹 내쉬며 입을 열었다.

"휴우, 그건 나도 그렇게 생각해, 뮤엘. 하지만 우리가 연계 퀘스트를 진행하는 동안, 누군가는 판의 관문을 클리어하겠지."

이니스코의 말에, 뮤엘은 순간 말문이 막혔다.

이미 후발 주자가 있다는 것을 확인한 마당에 부인할 수 없는 사실이기 때문이었다.

"음……."

이니스코의 말이 다시 이어졌다.

"내가 아쉬운 건, 콘텐츠를 선점할 기회를 놓쳤다는 거야."

대화를 듣던 체스크가 이니스코를 위로하였다.

"그렇지 않아, 이니스코. 우리가 못 깼다는 건, 사실상 누가 와도 쉽게 정복할 수 없는 난이도라는 거야. 분명 다른 파티도 쉽게 클리어할 수 없을 거야."

하지만 체스크의 말에도 이니스코의 표정은 어둡기 그지

없었다.

사실 판의 관문은 소환술사에게 가장 중요한 던전이었고, 지금 가장 우울한 것은 이니스코일 수밖에 없었으니까.

그러나 더 아쉬워해 봐야 소용없다는 것을 잘 알고 있었기 때문에, 그는 천천히 고개를 끄덕였다.

"휴우, 알겠어, 체스크. 그러길 빌어야지."

"걱정하지 마, 이니스코."

가만히 있던 뮤엘이 다시 입을 열었다.

"힘내, 이니스코. 이러고 있을 시간에 조금이라도 빨리 바람의 평원으로 가서, 연계 퀘스트 클리어하는 게 이득이야."

"그래, 뮤엘 말이 옳아. 그래도 우리 중 게임아웃 당한 사람은 한 명도 없잖아?"

"하긴, 누구 하나 죽었으면 바람의 평원에 갈 엄두도 못 냈겠지."

잠시 후, 퀘스트 실패의 충격에서 벗어난 랄프의 일행은 빠르게 전력을 재정비하기 시작했다.

판의 관문 클리어에는 실패했지만 그래도 얻은 게 없지는 않았다.

관문 클리어에 실패했는데도 불구하고 연계 퀘스트가 생성되었으니 말이다.

바람의 평원을 넘어 '정령의 성소'라는 곳에 도착하면, 분명 선점할 수 있는 다른 콘텐츠가 있을 것이다.

"자, 출발할까?"

랄프의 말에, 파티원들은 전부 고개를 끄덕였다.

이니스코의 비행형 소환수인 '그리핀 킹'을 타고 이동한다면, 바람의 평원까지는 금방일 것이었다.

그리고 다음 콘텐츠를 생각하자, 파티에 다시 활력이 돌기 시작했다.

그런데 그때, '그리핀 킹'을 소환하려던 이니스코가 순간 멈칫 하였다.

"뭔데?"

"왜 그래 이니스코?"

파티원들이 의아한 표정으로 물었지만, 이니스코는 대답하지 않았다.

대신 손가락을 들어 어딘가를 가리켰다.

그리고 그곳으로 시선을 옮긴 나머지 세 사람 또한, 순간 굳어 버릴 수밖에 없었다.

서리동굴의 안쪽에서 정체를 알 수 없는 세 명의 유저가 걸어 나오고 있었기 때문이다.

특히 네 사람 중, 가장 놀란 것은 랄프였다.

그와 눈이 마주친 남자가 바로…….

'두 번째 관문에서 봤던 그 기사 놈!'

홀로 두 번째 관문을 뚫고 있었던 의문의 '기사' 유저였기 때문이었다.

랄프의 머리가 빠르게 회전하기 시작했다.

'저놈이 왜 이제야 저 안에서 나오는 거지?'

그가 예상했던 대로라면, 저들은 두 번째 관문에서 실패했어야 할 파티였다.

그리고 그랬더라면, 이미 몇 시간 전에 던전 밖으로 나왔어야만 했다.

그런데 이 타이밍에 밖으로 나왔다는 것은…….

'설마……. 클리어했다는 건가?'

랄프의 동공이 가늘게 떨리기 시작했다.

관문을 전부 클리어한 이후, 사라와 바네사는 이안의 정체를 알게 되었다.

이안이 설명해 주기도 했지만, 사실 그게 아니라 하여도 모르는 게 이상한 상황이었다.

시스템 메시지 덕에 정령계가 서버 간 공유되는 차원이라는 걸 알게 된 데다, 이안이 너무 말도 안 되는 능력을 보여 줬기 때문이었다.

한 서버의 최고 랭커가 아니고서는 도저히 보일 수 없는 전투 능력이었으니까.

그리고 이쯤 되자, 바네사는 거의 이안의 추종자가 되어 있었다.

　같은 서버의 유저가 아니라는 것을 알게 된 이상 그나마 남아 있던 경쟁심까지 사라진 것이다.

　모든 퀘스트를 완료하고, 서리동굴을 나서는 길.

　이안의 바로 뒤에 따라붙은 바네사는 연신 쫑알거렸다.

　바네사는 이안에게 궁금한 것이 너무도 많았다.

　"이안, 대체 신룡들은 어떻게 얻은 거야?"

　"너도 한 마리 가지고 있잖아, 바네사."

　"코르투스야 진짜 운 좋게……."

　"나도 운 좋게 얻은 것뿐이야."

　"칫, 너무해……."

　물론 이안 또한, 바네사를 통해 확인해 보고 싶은 것들이 있었다.

　그중에서도 가장 궁금한 것은 고유한 이름을 가진 소환수가 다른 서버에도 똑같이 존재하냐는 것이었다.

　예를 들면 카르세우스나 엘카릭스와 같은 신룡 말이다.

　하지만 그런 궁금증들은 일단 뒤로 미뤄 두었다.

　지금은 예뿍이에게 들은 이야기들을 머릿속으로 정리하는 것이 더욱 중요했기 때문이었다.

　'정령술이라……. 예상했던 것보다 재밌는 요소가 훨씬 더 많단 말이지.'

　이안 일행이 예뿍이로부터 추가로 얻을 수 있었던 정보는,

하나같이 주옥 같은 것들이었다.

심지어 그중에는 이안이 예상조차 하지 못했던 부분도 많았다.

이안은 예뿍이와 나눴던 대화를 다시 떠올려 보았다.


"정령들을 크게 두 종류로 나눌 수 있다고?"

"그렇다뿍. 사대 정령과 파생 정령. 속성에 따라 이렇게 두 가지로 나눌 수 있뿍."

"사대 정령과 파생 정령?"

"우선 사대 정령이란. 물, 불, 바람, 땅. 이 네 가지 속성을 가진 정령들을 말한다뿍."

"오호……."

"그리고 이 네 가지 원소의 정령이, 모든 정령들의 근본이 되는 태초의 정령들이라 할 수 있뿍."

"그럼 다른 속성의 정령들이, 파생 정령인 거야?"

"그렇뿍. 역시 똑똑하다뿍."

"음, 그렇다면 그들과 사대 정령과의 차이는 뭐지?"

"파생 속성의 정령들은 고유한 이름을 갖지 않는다뿍. 그리고 아무리 정령력을 많이 모아도, '정령왕'의 단계까지 성장할 수 없뿍."


이 내용은 그야말로, 충격적인 부분이었다.

이제야 애정을 갖고 키워 보려던 우리 '짹이'가 정령왕이 될 수 없다는 이야기였으니 말이다.

하지만 그와 별개로, 무척이나 중요한 내용이기도 했다.

"그렇다면 결국, 정령들 중에는 사대 정령이 가장 강력하겠네?"

"꼭 그렇게 볼 수는 없뽁."

"왜 그렇지?"

"정령왕으로 성장하지 못한다 뿐, 오히려 파생 속성의 정령만이 가진 장점도 있기 때문이다뽁."

"그건 무슨 장점인데?"

"사대 정령의 경우 모든 능력치가 정해져 있는 반면, 파생 속성의 정령들은 같은 속성의 같은 등급이라 해도 능력치가 전부 제각각이기 때문이다뽁. 심지어 외형도 가지각색이다 뽁."

"그러니까……. 일반 소환수랑 비슷한 느낌이라고 보면 되는 건가?"

"그렇뽁. 때문에 파생 속성의 정령들 중 뛰어난 개채들은 최상급 정령이 되었을 때, 간혹 정령왕에 버금가는 존재가 나타나기도 한다뽁."

"오호."

"게다가 사대 정령이라 하더라도, 정령왕이 되기 쉬운 게 아니다뾱."

"뭐, 그거야 당연히 어렵겠지."

"아니. 그냥 '어렵다'는 수준으로 생각하면 안 된다뾱. '정령왕'은 각 속성당 오직 하나만 존재할 수 있는 신적인 존재이기 때문에, 이미 정령왕이 존재하는 속성의 정령들은 정령왕으로 성장하는 게 불가능하다뾱."

"아······."

아마 일반적인 유저들이었다면, 예뾱이의 설명을 듣다가 고개를 절레절레 저어 버렸을 것이다.

설명이 너무 복잡한 내용을 담고 있어 당장 와 닿지 않았을 것이기 때문이다.

하지만 이안은 달랐다.

이안은 이 이야기들을 듣자마자, 곧바로 질문 하나가 떠올랐으니까.

"그럼 예뾱아."

"말해 봐라뾱."

"지금 정령계에는, 사대 속성의 정령왕이 전부 존재하는 거야?"

"음, 그건 아니다뾱."

"그럼?"

"내가 알기로 지금 정령계에는, 엘리샤 님과 트로웰 님. 두 분만이 정령왕으로 계신다뾱. 라그나로스 님과 에실론 님은, 기계문명과 싸우다가 소멸하셨다뿍."

"엘리샤 님이 물의 정령왕이겠고……."

"그렇뿍. 트로웰 님은 땅의 정령왕. 라그나로스 님은 불의 정령왕……. 에실론 님은 바람의 정령왕이다뿍."

"그……렇군."


당연한 이야기겠지만, 이안은 '사대 정령'이라는 개념이 존재한다는 것을 알게 된 순간 그중 하나 정도는 꼭 키워야 겠다는 생각을 했다.

그리고 기왕 키울 것이라면, 정령왕을 목표로 키우는 게 당연한 것이다.

결과적으로 이안은 '정령왕'으로 성장할 수 있는 속성의 사대 정령을 하루 빨리 얻고 싶어진 것이었다.

예뿍이의 말에 따르면, 바람의 정령이나 불의 정령 중 하나를 키워야 정령왕이 될 수 있을 것이다.


"그렇다면 예뿍아, 사대 정령을 소환할 수 있는 소환 마법 서는 어디서 구할 수 있을까?"

"바람의 평원 너머에 있는 심연의 계곡에 '정령의 성소'라 는 곳이 있뿍."

"정령의…… 성소?"

"그렇뿍. 그곳에서 정령 수호자 '샬론'을 찾아가면, 그가 방법을 알려 줄 거다뿍."

"고마워, 예뿍아. 역시 넌 예쁘고 똑똑한 거북이야."

"뿌뿍! 역시 넌 뭘 좀 아는 친구다뿍!"

어느 정도 머릿속이 정리된 이안은 천천히 상념에서 깨어
났다.

그리고 걸음을 옮길수록, 어두웠던 서리동굴이 점점 밝아
지기 시작했다.

입구와 가까워지면서 동굴 안으로 빛이 들어온 것이다.

그렇게 5분 정도를 더 걸었을까?

긴 통로를 지나자, 환한 빛이 쏟아지며 다시 동굴의 입구
에 다다랐다.

이어서 이안의 시야에, 낯선 유저들의 모습이 들어왔다.

걸음을 멈춘 이안은, 재빨리 파티 채팅을 열었다.

−이안 : 사라. 바네사.

−사라 : 응?

−바네사 : 갑자기 왜 그래?

−이안 : 저기 저 유저들……. 혹시 아는 사람들이야?

-바네사 : 아니. 난 몰라.

-사라 : 나도 모르겠어. 독일 서버 유저는 아닌 것 같은데……. 한국 서버 유저도 아니지?

-이안 : 맞아. 나도 모르는 얼굴들이야. 한국 서버 랭커는 확실히 아니야.


이제 사라와 바네사는, 이안과 한배를 탄 것이나 마찬가지였다.

예쁙이로부터 얻은 수많은 정보들까지 공유하였고, 함께 손발을 맞춰 보며 어느 정도 신뢰를 쌓았으니 말이다.

하지만 저들은 아니다.

때문에 최대한 경계하고 조심할 필요가 있었다.

'저들은 중간계가 서버 간 공유되는 차원계라는 걸 모를 수도 있을 거야.'

이안은 두 자매와 말을 맞추기로 했다.


-이안 : 우리, 서버에 대한 이야기는 최대한 숨겨 보자.

-바네사 : 응?

-사라 : 그래, 좋아. 안 그래도 그 말 하려고 했어.


정보라는 것은, 소수가 쥐고 있을 때 더 큰 힘을 발휘하는 법이다.

누구나 알고 있는 정보는, 더 이상 정보가 아닌 것이다.

모두가 아는 정보는 그때부터 '상식'이 되니까.

하지만 한배를 탈 만한 유저들이라는 판단이 서면, 그때는 정보를 오픈할 수 있다.

바네사와 사라에게 그랬던 것처럼 말이다.

'적어도 저들의 성향을 파악하기 전까진 정보를 오픈할 수 없지.'

생각을 정리한 이안이 의문의 유저들을 향해 천천히 다가갔다.

이어 그들을 향해 너스레를 떨며 입을 열었다.

"와! 역시 정령계라 그런지 랭커분들이 많으시네요!"

그리고 이안의 첫 마디에, 바네사는 어처구니없다는 듯한 표정이 되었다.

분명 저들을 모른다고 했던 이안이 아는 척을 하며 다가갔으니 말이다.

하지만 사라는 조금 묘한 표정이었다.

이안이 지금, 떡밥을 던진 것이라는 걸 느낀 것이다.

'어쩌려는 걸까?'

흥미로운 표정으로 이안이 하는 양을 지켜보는 사라.

그리고 이안이 던진 떡밥을, 가장 앞쪽에 있던 중년의 사내가 덥썩 물었다.

"하핫, 그러는 그쪽은……. 처음 보는 얼굴이로군. 상위 랭커는 아닌 듯한데, 어떻게 이곳에 들어올 수 있었지?"

남자의 머리 위에는 '랄프'라는 아이디가 공개되어 있었다.

그리고 그것을 확인한 이안의 눈이 살짝 빛났다.

아이디 외에는 모든 정보가 비공개되어 있었지만, 그것만으로 대화를 이끌어 가기에는 충분했다.

이안의 말은, 그야말로 청산유수처럼 이어졌다.

"저기 저 친구가 좀 특별한 퀘스트를 얻었거든요."

말이 끝남과 동시에, 바네사를 손가락으로 가리키는 이안.

바네사는 어리둥절한 표정이었지만, 이안은 개의치 않고 말을 이었다.

"덕분에 정령계에 좀 일찍 들어와서, 초월 레벨을 좀 올릴 수 있었죠. 뭐, 판의 관문은……. 보다시피 실패했지만요."

능청스레 거짓말을 하는 이안을 보며 사라는 속으로 혀를 내둘렀다.

'와……. 저 표정 봐. 나였어도 깜빡 속았겠어.'

이안의 말이 계속해서 이어졌다.

"혹시 랄프 님은 관문을 통과하셨나요?"

이안의 물음에 랄프는 잠시 멈칫하였다.

자존심 때문인지 관문에 실패했다는 말이 쉽게 나오지 않았던 것이다.

하지만 이안도 실패했다고 이야기한 마당에 딱히 숨길 이유도 없었던 터.

곧 랄프는, 쓴웃음을 지으며 입을 열었다.

"아니, 우리도 실패했네. 세 번째 관문은 역시 쉽지 않더군."

"아, 그렇군요. 저희는 세 번째 관문 구경도 못 했는데, 그래도 대단하시네요."

이안이 주도하는 대화는 너무도 자연스럽게 옆으로 이어졌다.

랄프의 옆에 있던 다른 랭커들도 스스럼없이 대화에 참여한 것이다.

"핫, 이거 랄프 형만 알아보시니 좀 서운한데요? 저는 궁사 랭커 체스크라고 합니다."

"반갑습니다, 이니스코라고 합니다."

"반가워요, 뮤엘이라고 해요."

이쯤 되자 이안의 뒤쪽에 멀뚱히 서 있던 쌍둥이 자매도 본인들을 소개하였고, 자연스레 이런저런 대화가 이어졌다.

그리고 그 과정에서, 이안은 몇 가지 정보를 얻을 수 있었다.

그중 가장 큰 소득은, 이들이 어디 서버의 유저들인지 알아냈다는 점이었다.

'미국 서버의 랭커들이라……. 점점 재밌어지는데?'

미국 서버는 한국 서버와 거의 비슷한 시점에 오픈한 초창기 서버였다.

게다가 이용자 규모로 따지면, 중국에 이어 두 번째로 큰 서버이기도 했다.

　독일 서버의 랭커인 사라와 바네사에 비해 이들의 기대치가 더 높다는 이야기다.

　특히 이안은, 전사 랭킹 2위라는 랄프의 실력이 가장 궁금했다.

　'아마 큰 이변이 없는 한 이라한이나 샤크란 아재랑 비슷한 수준이겠지?'

　이안은 머릿속을 팽팽 회전시켰다.

　그런데 그때, 랄프가 뜬금없는 이야기를 꺼내었다.

　"그럼 너는 기사 클래스. 쌍둥이 아가씨들은 마법사, 소환술사인 건가?"

　이안을 '기사' 클래스라 칭한 것이다.

　'뭐지? 어째서 날 기사 클래스라고 생각하는 거지?'

　이안은 잠시 당황했지만, 금세 아무렇지 않게 말을 이어 갔다.

　"그, 그렇죠."

　"좋아. 우리랑 함께 움직이자고. 어차피 목적지는 같을 텐데 말이야."

　오해야 나중에 한배를 탔을 때 풀어 주면 될 일이었다.

　"좋습니다. 그럼 잘 좀 부탁드립니다. 어쩌다 보니 쟁쟁한 랭커분들 버스도 타 보네요."

테이밍마스터

이안의 말에, 랄프의 옆에 있던 뮤엘이 대답했다.

그녀는 미국 서버의 랭커 사인방 중 유일한 여성 유저였다.

"별말씀을요. 정령계에 입성했다는 건, 여러분도 대단한 실력자라는 뜻일 텐데요."

"하하, 아닙니다. 랭커분께 그런 말씀 들으니 민망하군요."

체스크도 한마디 거들었다.

"그렇지 않아도 탱커가 필요하던 참이었습니다. 잘 부탁드립니다, 이안 님."

"저야말로 잘 부탁드립니다."

이안 일행과 랄프의 파티는 금세 친해졌고 그들은 곧 이동하기 시작했다.

랄프 일행은 이니스코의 '그리핀 킹'을 타고 움직였으며, 이안 일행은 바네사의 소환수인 '코르투스'를 타고 그들의 뒤를 따랐다.

그들의 목적지는 '바람의 평원'이었다.

그리고 이것이, '동상이몽同床異夢'의 시작이었다.

바람의 평원으로 이동하는 동안 이안은 바네사에게 궁금한 것들을 몇 가지 물어보았다.

그리고 기대했던 것보다 더 흥미로운 사실들을 알아낼 수 있었다.

"그러니까 지금 우리가 타고 있는 이 녀석이……. '대지의 신룡'이라는 거지?"

이안의 질문에, 바네사는 거만한(?) 미소를 지어 보이며 고개를 끄덕였다.

"맞아, 이안. '대지의 구원자' 연계 퀘스트를 전부 깨고 최종 보상으로 받은 녀석이지. 대지의 신으로부터 직접 받았던 초 유니크 슈퍼 히든 퀘스트였다고."

"그……래?"

"하지만 이제는 받을 수 없는 퀘스트가 됐을 테니, 코르투스를 얻을 생각이라면 지금 바로 접는 게 좋을 거야."

바네사의 이야기에, 이안은 의아한 표정이 되었다.

"왜? 너는 독일 서버에서 얻은 거고, 나는 한국 서버잖아. 우리 한국 서버에는 아직 대지의 신룡을 얻은 유저가 없는 걸?"

바네사는 손가락을 까딱이며 다시 입을 열었다.

"그렇다고 해도, 결론은 변함없어."

"어째서?"

"차원전쟁 에피소드가 끝난 이 시점에는, '대지의 축복' 퀘스트를 받을 수 없거든."

바네사의 이야기를 들은 이안은, 천천히 고개를 끄덕였다.

그녀의 말을 이해했기 때문이기도 하였지만, 사실 그는 다른 부분에 대해 생각하고 있었다.

바네사의 이야기를 통해 흥미로운 사실들을 도출해 낼 수 있었던 것이다.

이안은 기억 깊숙한 곳에 있던 하나의 사실을 끄집어내었다.

'한국 서버의 대지의 신룡은……. 이름이 코르투스가 아니었어.'

사실 이 드래곤을 처음 본 순간, 이안은 대지의 신룡을 떠올렸다.

짙은 녹빛의 아름다운 비늘을 가진 드래곤은 차원 전쟁에서 잠깐 보았던 대지의 신룡 외에 없었으니까.

하지만 '코르투스'라는 이름을 듣고 난 뒤, 대지의 신룡이 아닐 것이라 생각했었다.

한국 서버에서 대지의 신룡의 이름은, 코르투스가 아닌 '밀라이카'였으니 말이다.

'그렇다면 서버마다 신룡이라는 것은 똑같이 존재하되, 고유한 이름과 정체성은 각기 다르다는 얘기겠군.'

이어서 이안의 머릿속에 엉뚱한 생각이 떠올랐다.

'만약 다른 서버의 신룡을 용천에서 만날 수 있다면, 같은 신룡을 두 마리 테이밍할 수도 있다는 말인가?'

피식 웃은 이안의 입이 다시 열렸다.

궁금한 것이 하나 더 생겼기 때문이다.

"그럼 바네사."

"응?"

"혹시, 대지의 여신 이름은 기억나?"

이안의 물음에, 바네사의 미간이 살짝 좁아졌다.

제법 오래전의 기억이기에, 잘 떠오르지 않는 모양이었다.

"으음? 아니, 이름은 기억 안 나."

"그렇군."

"그래도 하나는 확실히 말해 줄 수 있어."

"……?"

"대지의 여신이라는 존재는 없다는 것. 내 기억 속의 대지의 신은 확실히 남자였거든."

"어?"

대화를 하던 이안의 두 눈이 살짝 반짝였다.

질문에 대한 답변은 듣지 못했으나, 궁금했던 부분을 알게 되었으니까.

그리고 생각했던 가설이 맞아 들어가는 듯했으니까.

'대지의 신이 남자라면, 확실히 한국 서버의 신과는 다른 녀석이겠군.'

차원 전쟁 당시, 이안은 그 누구보다 에피소드의 중심에 있던 유저였다.

때문에 등장했던 모든 신들에 대해 구체적으로 기억하고 있었다.

그리고 이안의 기억 속에 있는 대지의 신은, 확실히 여성체였다.

대지의 여신 샌디애나.

이안은 그녀를 바로 앞에서 본 적도 있었으니 말이다.

'이렇게 되면, 각 서버마다 인간계를 관장하는 신들도 전부 개별적인 존재라고 볼 수 있겠는걸?'

이안은 바네사와의 대화를 통해, 조금 더 세계관에 대한 윤곽이 잡혀 가는 느낌이 들었다.

그리고 그러는 사이, 이안 일행은 목적지에 도착할 수 있었다.

띠링-!

-'바람의 평원'에 진입합니다.

-거센 바람이 불어오기 시작합니다.

-지금부터 '바람' 속성의 정령이 더 강력한 힘을 발휘합니다.

-지금부터 '바람' 속성의 공격 마법이 더 강력한 위력을 발휘합니다.

-지금부터 '바람' 속성의 정령력이 50퍼센트만큼 더 빠르게 축적됩니다.

시스템 메시지를 확인한 이안은, 입맛을 다시며 속으로 중얼거렸다.

'으, 지금 바람의 정령이 있었으면 좋았을 텐데.'

이어서 이안은 가벼운 몸짓으로 코르투스의 등에서 뛰어내렸다.

탓!

그러자 앞쪽에 먼저 도착해 있던 랄프가 이안을 향해 다가
왔다.

"친구, 여긴 처음 오는 거지?"

"그렇습니다."

"그럼 이제부터, 우리 계획을 설명해 주겠네."

랄프와 눈이 마주친 이안은, 천천히 고개를 끄덕이며 대답
하였다.

"뭐, 일단……. 들어 보도록 하죠."

무척이나 당연한 이야기겠지만, 낯선 유저에 대한 경계심
은 이안만이 가지고 있는 것이 아니었다.

바람의 평원에 도착하는 동안, 랄프 일행도 많은 이야기를
나눈 것이다.

  ─랄프 : 혹시 저 녀석들 아는 사람 있어?

  ─체스크 : 아니? 셋 중 아무도 모르겠는데?

  ─랄프 : 그래도 랭커들일 텐데……. 지인들도 아무도 모른대?

  ─이니스코 : 랄프 형, 서버에 랭커가 지금 한두 명이야? 딱 봐도 어중
간한 세 자릿수대 랭커인 것 같은데 어떻게 알아봐?

－뮤엘 : 그래요, 랄프 오빠. 엊그제 통계 보니까 400레벨 넘긴 유저가 이제 1천 명이 넘었던데……. 소환술사 400레벨이야 흔치 않지만, 기사나 마법사 400레벨은 널리고 널렸지.

－랄프 : 하긴…….

－이니스코 : 그리고 랄프 형, 아까 그 기사 녀석이 그랬잖아.

－랄프 : 뭘?

－이니스코 : 무슨 특별한 퀘스트 깨서 운 좋게 들어왔다고.

－랄프 : 그랬지.

－이니스코 : 내 생각에 그 소환술사라던 쌍둥이 여자애는 아마 400레벨도 한참 안 될 거야.

－랄프 : 그……런가?

－이니스코 : 당연하지. 내가 소환술사 상위 랭커들 대부분 아는데, 그중에 저런 여자애는 없었어.

－체스크 : 하긴, 이니스코 말이 맞네. 그렇게 생각하면 나머지 두 친구도 300레벨 후반대 정도로 보는 게 맞을 수도 있겠어.


랄프 일행은 나름대로 이안 파티에 대해 파악하려고 노력하였고, 어느 정도 결론을 내렸던 것이다.

물론 그 결론은, 사실과 제법 동떨어져 있었지만 말이다.


－랄프 : 흐음……. 이렇게 되면, 좀 애매하네.

－이니스코 : 애매하다니? 뭐가?

－랄프 : 저 친구들, 괜히 짐만 될 것 같아서 말이지.

－체스트 : 짐이라……. 확실히 그럴 수도.

－이니스코 : 하긴, 정말 그럴 수도 있겠네. 어쭙잖은 랭커들이 1인분 해 줄 수 있을 리가 없지.

－뮤엘 : 제 생각은 좀 달라요.

－랄프 : 흠, 그래?

－뮤엘 : 인간계였다면 레벨 차이가 크니 짐이 됐을 수도 있겠지만, 여긴 중간계잖아요.

－랄프 : 그건 그렇지.

－뮤엘 : 어차피 초월 레벨은 엇비슷할 거고, 그럼 우리랑 크게 전력 차이가 나진 않을 것 같은데요?

－이니스코 : 에이, 뮤엘 님, 그건 아니죠.

－랄프 : 그래. 이니스코 말이 맞아.

－뮤엘 : 왜죠?

－랄프 : 레벨이나 스텟발도 물론 중요하긴 하지만, 피지컬 차이가 너무 많이 날 테니까.

－체스크 : 맞아. 같은 랭커라고 해도, 세 자릿수 랭커들이랑 우릴 비교하는 건 좀 곤란하지. 바람의 평원에서야 도움이 될 수도 있겠지만, 계곡에 들어서는 순간부턴 정말 짐만 될걸?

－뮤엘 : 으음…….

－이니스코 : 맞아요, 뮤엘 님. 심연의 계곡에서 괜히 저 친구들이랑 파티 플레이한답시고 손발 맞추다가, 스킬 연계 꼬여서 다 같이 몰살당

할 수도 있다고요.

그리고 그 잘못된 결론은, 랄프 일행의 최대 실수가 되어 버리고 말았다.

－랄프 : 그래도 일단 여기까지 데려왔으니, 어떻게든 좀 써먹어야 하지 않겠어?

－이니스코 : 그건 그래, 형. 이제 와서 수준 안 맞는다고 따로 움직이자 하기도 좀 민망하긴 하지.

－체스크 : 그렇다고 쟤들 버스 태워 줄 건 아니잖아? 콘텐츠 우리끼리 갈라 먹기도 부족한데. 설마 저런 애송이들이랑 공유할 생각이야?

－랄프 : 그건 당연히 아니지.

－뮤엘 : ······.

－체스크 : 그럼 어쩌게?

－랄프 : 나한테 괜찮은 방법이 있어.

－이니스코 : 그게 뭔데, 형?

－랄프 : 심연의 계곡 안쪽에 있던 돌풍의 협곡. 기억나지?

－이니스코 : 당연하지. 우리 거기서 털리고 서리동굴로 돌아왔던 거잖아.

－체스크 : ······!

－랄프 : 거기 있는 괴물 녀석을 저 친구들한테 맡기는 거야.

－이니스코 : 오, 그거 좋은 생각인데?

–랄프 : 그리고 그 틈을 타서 우리는 심연의 계곡을 건너가는 거지.

　서로에 대해 어떤 생각을 가지고 있는지는 양쪽 모두 모르는 상황이었지만, 그와 별개로 파티 플레이는 순조롭게 시작되었다.

　어쨌든 바람의 평원을 건넌다는 목적 자체는 공유하고 있었으니 딱히 충돌이 일어날 일이 없는 것이다. 그리고 재밌게도 이안은 탱커의 역할을 충실히 해내고 있었다.

　단 한 마리의 소환수도 소환하지 않은 채로 말이다.

　"이안 님, 체스크 엄호 부탁해요!"

　"이안, 중간으로 바로 뚫고 지나가자! 앞장서!"

　오른손에는 블러디 리벤지를, 왼손에는 귀룡의 방패를.

　양손에 신화 등급의 초월 장비를 야무지게 거머쥔 이안은, 누가 봐도 기사라고 믿을 정도로 완벽한 플레이를 보여 주고 있었다.

　콰쾅, 쾅─!

　–'방패 막기'에 성공하셨습니다!

　–'윈드 슬래시'의 위력을 93.35퍼센트만큼 흡수했습니다!

　–생명력이 12만큼 감소합니다!

　–'귀룡의 분노' 능력이 발동합니다.

−공격력이 0.5퍼센트만큼 상승합니다.

기사클래스 유저의 가장 큰 역할은, '얼마나 많은 피해량을 혼자 안정적으로 받아 내느냐'라고 할 수 있었다.

그리고 그 역할을 수행하기 위해 꼭 필요한 전제조건이 바로, '방패 막기' 컨트롤 능력이었다.

같은 수치의 방어력과 생명력으로도, 방패 막기 컨트롤을 얼마나 잘하느냐에 따라 버텨 낼 수 있는 피해량의 총량이 천차만별로 달라지기 때문이었다.

컨트롤 좋은 기사들의 경우 대부분의 공격을 80퍼센트 이상의 흡수율로 막아 내는 반면, 피지컬 떨어지는 기사들의 경우 50퍼센트의 방어 흡수율도 잘 띄우지 못하는 경우가 많았으니, 같은 장비와 스텟을 가지고도 컨트롤에 따라 두 배 이상의 효율 차이가 벌어질 수 있는 것이다.

그리고 기사 유저의 방패 막기 컨트롤 실력은 겉으로도 너무 명확히 드러난다.

방패 막기의 피해 흡수율에 따라 특별한 이펙트가 발동하기 때문이었다.

그것은 방패의 결을 타고 퍼져 나오는 잔잔한 파동 같은 것이었는데, 70퍼센트 이상의 피해를 흡수했을 때부터 나타나는 이펙트였다.

특히 90퍼센트 이상의 피해 흡수율이 발동했을 때에는, 파랗고 화려한 파동이 퍼져 나온다.

그러니 이런 시스템에 대해 아는 사람이라면, 너무도 쉽게 기사클래스 유저의 실력을 알아볼 수 있는 것이다.

　파앙– 파아앙–!

　이안의 방패를 타고 파란 빛깔의 물결이 연신 퍼져 나왔다.

　그리고 뒤편에서 그것을 발견한 사라가 혀를 내두르며 속으로 생각하였다.

　'설마 한국 랭커들의 실력이 다 이 정도인 건 아니겠지? 이 녀석은 진짜 보면서도 믿을 수가 없네.'

　진짜 기사 클래스인 유저가 보여 줬어도 감탄을 금치 못했을 새파란 파동의 향연.

　그런데 소환술사라는 녀석이 그것을 보여 주고 있었으니 사라의 입장에서는 어이가 없는 것이다.


　–바네사 : 언니.

　–사라 : 응?

　–바네사 : 저 사람들, 이안이 진짜 기사 클래스라고 믿겠는데?

　–사라 : 그럼 너 같으면 안 믿겠냐?

　–바네사 : 하긴……. 나 같았으면 아마, 기사 클래스 아니라고 하는 걸 안 믿어 줄 듯.

　–사라 : 나도…….

　–바네사 : 저거 아무리 봐도 사람 아냐.

　–사라 : 맞아. 어떻게 봐서 저게 사람이냐? 괴물이지.

―바네사 : 맞아, 맞아.

파티 플레이를 하는 와중에도 1:1 메신저로 열심히 이안의
뒷담화를 하는 두 자매였다.

그리고 이안의 플레이에 놀란 것은 사라와 바네사뿐만이
아니었다.

랄프의 파티원들도, 그들끼리 따로 열어 놓은 채팅 방에서
계속 대화를 나누고 있었다.

―체스크 : 랄프, 저 친구들…… 생각보다 실력이 나쁘지 않은데?

―랄프 : 흠, 그런가?

―이니스코 : 쌍둥이 자매도 제법이지만, 이안이라는 저 녀석이 정말
물건이야, 형.

―랄프 : 확실히 방패 컨트롤 하나만큼은 수준급이네.

―체스크 : 그렇지?

―랄프 : 하지만 거기까지야. 보니까 기사 전용 스킬들도 제대로 활용
못 하는 것 같고, 계속 방패 컨트롤로만 모든 걸 해결하려고 하고 있잖아.

―이니스코 : 하긴, 방패 컨이 너무 좋아서 그런지, 거기에 너무 의존
하는 것 같긴 해.

그들이 같은 자리에서 다른 꿈을 꾸는 사이, 시간은 빠르
게 지나갔다.

쉴 새 없이 정령들을 처치하며 바람의 평원을 돌파하는 동
안, 서너 시간이 훌쩍 지난 것이다.

그리고 어느새, 까마득히 넓게만 느껴졌던 바람의 평원에
드디어 끝이 보이기 시작했다.

그 끝에는, 거대한 바위로 만들어진 깊고 어두운 계곡이
일행을 기다리고 있었다.

새로운 정령을 얻다(2)

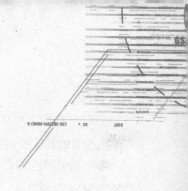

 바닥이 어둠 속에 잠겨 거의 보이지 않을 정도로 까마득한 높이를 가지고 있는 새카만 계곡.

 사실 명칭이 계곡이다 뿐이지 여긴 계곡이라는 이름으로 표현할 수 있는 곳이 아니었다.

 양쪽으로 끝없이 솟아 있는 절벽은 마치 거대한 땅덩이를 누가 반으로 쪼개 놓은 듯한 모습이었으니 말이다.

 그 모습은 무척이나 웅장해서 처음 들어서는 이로 하여금 감탄을 자아냈다.

 '이건 뭐, 그랜드캐니언 저리 가라네.'

 아래위를 한 번씩 응시한 이안은 속으로 혀를 내둘렀다.

 이안 일행이 진입한 위치는 높다란 계곡의 중간쯤 되는 부분이었다.

맵의 시작점이 바로, 깎아지르듯 가파른 절벽에 나 있는 좁은 샛길이었던 것이다.

계곡 사이에는 작은 구름처럼 생긴 까만 물체들이 둥실둥실 떠다니고 있었고, 전체적으로 무척이나 으스스한 분위기였다.

'흐음, 이 계곡을 통과해 가야 하는 건가?'

예쁙이로부터 얻은 정보에 의하면, 이 계곡 너머에 '정령의 성소'가 있다 하였다.

그리고 그곳에 가면 '사대 정령' 중 하나를 얻을 수 있을 것이다.

'흐흐, 불의 정령이 좋을까, 바람의 정령이 좋을까?'

새로운 식구를 얻을 생각에 벌써부터 기분이 좋아진 이안.

이안 일행은 천천히 걸음을 옮겨 안으로 진입하였고, 이어서 시스템 메시지들이 차례대로 떠올랐다.

띠링-!

-'심연의 계곡'에 진입합니다.

-더욱 강력한 돌풍이 불기 시작합니다.

-지금부터 '심연' 속성의 정령이 더 강력한 힘을 발휘합니다.

-지금부터 '심연' 속성의 공격 마법이 더 강력한 위력을 발휘합니다.

-지금부터 '심연' 속성의 정령력이 50퍼센트만큼 더 빠르게 축적됩니다.

시스템 메시지가 알려 준 것처럼 계곡의 안으로 들어갈수록 더 강력한 바람이 휘몰아쳤다.

바람의 평원에서도 충분히 '강풍'이랄 만한 바람이 불어왔었지만, 이곳의 바람은 그야말로 격이 다른 수준이었다.

사라와 바네사도 이곳까지 들어와 본 것은 처음이었는지, 작은 목소리로 중얼거렸다.

"언니, 여기 상당히 맵이 까다로운데?"

"그러게. 어지간한 투사체는 전부 궤적이 휘어 버리겠어."

좌표를 찍어 발동시키는 광역 마법을 제외하면, 마법사가 가진 대부분의 공격 마법은 논타깃 스킬이었다.

즉, 대상을 향해 투사체를 쏘아 보내는 방식이라는 말이다.

게다가 바네사의 무기도 활이었으니, 두 자매의 입장에서는 전투하기 최악의 환경이라고 할 수 있었다.

이곳이 바람의 평원 정도의 난이도만 되어도 돌파하는 것이 상당히 까다로울 것이라 느낀 것이다.

하지만 맵의 난이도에 대해 걱정하는 두 자매와는 달리 이안은 다른 부분에 관심을 갖고 있었다.

'심연 속성이라……. 뿍뿍이가 좋아하겠는데?'

이름답게, 희귀 속성인 '심연' 속성을 우대해 주는 심연의 계곡.

그렇지 않아도 강력한 뿍뿍이의 브레스가 이곳에서 발동한다면, 그야말로 어마어마한 위력을 발휘할 게 분명했다.

그리고 이안이 잠시 생각에 잠긴 사이, 랄프가 그를 향해 다가왔다.

"자, 여기부턴 정말 조심해야 해."

랄프가 운을 떼자, 이안이 곧바로 되물었다.

"난이도가 높은가 봐요?"

랄프가 진중한 표정으로 고개를 끄덕이며 대답했다.

"그래. 바람의 평원과는 비교할 수 없을 정도의 난이도야."

"흐음……."

"일단 몇 가지 정보를 먼저 알려 주도록 하지."

랄프는 또렷한 어조로 심연의 계곡에 대한 설명을 시작했다.

그리고 그것을 간단히 정리하면, 세 가지 정도로 이야기할 수 있었다.

첫째, 심연의 협곡에는 두 종류의 속성을 가진 오염된 정령들이 등장한다.

"심연의 협곡에는 '어비스Abyss'라는 속성을 가진 정령들과 '시온Zion'이라는 속성을 가진 정령들이 등장하지."

"시온……이라는 속성도 있나요?"

"나도 여기서 처음 본 속성이야. 근데 문제는 이 속성을 가진 정령들이 상대하기 너무 까다롭다는 거지."

"어째서죠?"

"기본적으로 강력하기도 한 데다, 생명력 회복 속도가 괴랄하거든."

"음……?"

"그래서 시온 속성을 가진 정령이 나타나면, 무조건 점사를 해서 한 번에 잡아야 돼."

"그렇군요."

"빨리 못 잡고 하나둘 몬스터 쌓이기 시작하면, 진짜 답 없어지니 말이야."

둘째, 심연의 협곡에 떠다니는 검보랏빛의 구름들에 신체가 닿으면 강력한 어비스 속성의 피해를 입게 된다.

그리고 구름은 약간의 생명력을 가지고 있는데, 그게 터지기라도 하면 광역 마법 폭발이 일어난다.

"구름을 조심해. 닿는 건 몰라도, 터지는 순간 그대로 게임 아웃이라고 보면 되니까."

"그…… 정돈가요?"

"궁금하면 한번 도전해 봐. 너는 기사 클래스니까 그래도 좀 버틸 수 있을지도."

"……."

셋째, 협곡 초입을 지나 어비스 게이트를 지나는 순간, 몬스터 젠 속도가 점점 빨라지기 시작한다.

"이 부분은 어차피, 게이트 지나는 순간 퀘스트 창 뜨니까 그때 구체적으로 확인해 보라고."

"뭐, 그러도록 하죠."

랄프의 설명이 전부 끝나고 나자, 이안은 자연스레 파티 최전방의 포지션으로 움직였다.

 지금 이 파티에서 유일한 '기사' 클래스가 이안이었으니까.

 '뭐, 서머너 나이트도 기사이긴 한 건가…….'

 이안은 피식 웃으며 방패를 쓰다듬었다.

 바람의 협곡에서는 방패에 붙은 고유 능력 외에 어떤 액티브 스킬도 사용하지 않았지만, 이제부터는 다른 스킬들도 사용해야 될 것 같았다.

 '블러드 스플릿은 최대한 숨겨 보고. 상황 봐서 분신술 정도는 사용해야겠군.'

 이안이 말하는 분신술이란, 서머너 나이트의 고유 능력인 '서먼 인카네이션'을 말하는 것.

 현재 이안은 서먼 인카네이션을 사용해, 5분 동안 지속되는 분신을 하나 소환할 수 있었다.

 빠르게 스킬들을 점검한 이안이 블러디 리벤지를 치켜들며 입을 열었다.

 "자, 그럼 들어갑니다."

 그리고 그것을 기점으로, 심연의 계곡 공략이 시작되었다.

 파팡- 팡-!

테이밍마스터

주먹만 한 크기의 보랏빛 투사체들이, 쉴 새 없이 일행을 향해 날아들었다.

그리고 그 대부분은 이안의 방패에 막혀 소멸되었다.

-'방패 막기'에 성공하셨습니다!

-'어비스 건'의 위력을 95.12퍼센트만큼 흡수했습니다!

-생명력이 14만큼 감소합니다!

-'방패막기'에 성공하셨습니다!

-'어비스 건'의 위력을 91.05퍼센트만큼 흡수했습니다!

-생명력이 17만큼 감소합니다!

-'귀룡의 분노' 능력이 발동합니다.

-공격력이 0.5퍼센트만큼 상승합니다.

-공격력이 0.5퍼센트만큼 상승합니다.

심연의 계곡은, 좁고 긴 구조를 가진 협곡이다.

반대편의 절벽까지 전력을 다해 도약한다면 충분히 손이 닿을 수 있을 정도의 좁은 거리.

때문에 이안의 역할은 평소보다도 무척이나 중요했다.

대부분의 정령들을 전면에서 만나게 되고, 거의 모든 공격이 파티의 선두에 자연스레 집중되니 말이다.

이안이 얼마나 많은 피해량을 흡수하느냐에 따라, 맵의 돌파 속도가 달라지는 것이다.

이안의 바로 뒤쪽에 있던 뮤엘이 자신도 모르게 중얼거렸다.

"와, 진짜 이안 님 덕에 난이도가 절반 이하로 내려가는 것 같네요."

그녀의 말에, 이안이 피식 웃으며 되물었다.

"그래요?"

"네. 아까 저희끼리 왔을 땐, 이 지점까지 거의 2~3시간 걸렸었거든요."

"하긴……. 그랬을 수밖에 없겠네요."

지금 이안은 거의 모든 공격을 90퍼센트 이상의 피해 흡수율로 막아 내고 있었다.

방패 막기는커녕 방패라는 아이템 자체를 쓰지 않는 랄프가 선두에 있을 때보다, 몇 배 이상 수월할 수밖에 없는 것이다.

랄프가 받을 피해가 100이라면, 이안이 받는 피해는 10도 채 안 되는 것이었으니까.

그리고 그것에 대한 실질적인 체감은 힐러인 뮤엘이 가장 클 수밖에 없었다.

신성력이 말라붙을 때까지 힐을 퍼부어야 했던 지난번과 달리, 지금은 너무도 넉넉했으니 말이다.

뮤엘의 신성력은 70퍼센트 이하로 떨어질 생각을 안 했다.

"역시 파티에는 탱커가 있어야 돼요."

"후후, 그럼요."

연신 감탄사를 터뜨리는 뮤엘과 흡족한 표정을 짓는 이안.

하지만 이안과 뮤엘의 대화를 듣던 바네사는 어이가 없을 따름이었다.

'하, 쟤 탱커 아닌데······.'

어쨌든 이안의 활약 덕에, 파티의 딜러들은 마음껏 전방을 향해 딜을 퍼부을 수 있었다.

이안이 투사체를 한 톨도 남기지 않고 전부 막아 내니, 원 딜러들은 프리 딜에 가까운 포지션이 되어 버린 것이다.

다만 지금 이 파티에서, 할 일 없는 인원이 딱 한 명 있었다.

"체스크, 우측! 뮤엘, 바네사한테 실드 걸어 줘!"

근거리 딜탱인 전사 클래스 랄프는 오더 내리는 것 외에 할 수 있는 게 아무것도 없었으니까.

"크큭, 랄프 형 없어도 되겠는데?"

"그러게. 랄프 형 버리고 이안 님 데려갈까?"

"시끄러, 이놈들아!"

훈훈한 분위기 속에, 순조롭게 맵을 공략하는 이안의 파티.

그런데 잠시 후, 살짝 긴장어린 랄프의 목소리가 뒤편에서 부터 들려왔다.

"우측에 시온!"

"······!"

"시온 먼저 점사해!"

랄프의 목소리가 울려 퍼짐과 동시에, 이안의 시선이 우측으로 이동하였다.

그리고 그곳에는, 지금까지와 달리 새하얀 빛깔을 띤 특이

한 생김새의 정령이 나타나 있었다.

'뭐야? 이건 무슨 눈사람같이 생긴 게 날개가 달려 있어?'

마치 찰떡을 아래위로 붙여 놓은 듯한 귀여운 생김새를 가진 정령의 등장.

이안은 더욱 긴장하였다.

랄프가 주의하라 하였던 시온 속성의 정령이, 처음 등장한 것이기 때문이었다.

슉— 슈슈슉—!

궁사인 체스크와 주 무기가 활인 바네사의 화살이 빠르게 허공을 가르며 '시온의 정령'을 향해 쇄도했다.

하지만 정확히 명중했음에도 불구하고, 정령의 생명력은 꿈쩍도 하질 않았다.

위잉— 위잉—!

정확히 말하자면, 생명력이 언제 깎였나 싶을 정도로 빠르게 다시 회복된 것이지만 말이다.

그런데 다음 순간······.

우우웅—!

허공에 두둥실 떠 있는 정령의 바로 앞에, 새하얀 빛이 응축되기 시작하였다.

그리고 그것을 본 랄프가 이안을 향해 다급히 외쳤다.

"저거 무조건 막아야 돼!"

이안은 물론 랄프의 말이 없었더라도 반응했겠지만, 그의 다급한 어조를 듣자 더욱 유심히 스킬 이펙트를 관찰하였다.

'뭐지? 차징 스킬인가?'

그리고 다음 순간.

콰콰콰콰―!

귀여운 외모에 어울리지 않게, 시온의 몸에서 강력한 빛의 광선이 뿜어져 나왔다.

파파팡―!

이어서 이안의 눈앞에 시스템 메시지들이 주르륵 하고 떠오르기 시작했다.

-'방패 막기'에 성공하셨습니다!

-'시온 빔Zion Beam'의 위력을 91.12퍼센트만큼 흡수했습니다!

-'어비스' 속성의 방패를 사용하여, 추가로 4.8퍼센트만큼의 피해를 흡수합니다.

-생명력이 35만큼 감소합니다!

-'방패 막기'에 성공하셨습니다!

-'시온 빔'의 위력을 89.75퍼센트만큼 흡수했습니다!

-'어비스' 속성의 방패를 사용하여, 추가로 4.6퍼센트만큼의 피해를 흡수합니다.

-생명력이 17만큼 감소합니다!

-파티원 '뮤엘'이 '생명의 빛'을 발동합니다.

-생명력이 85만큼 회복합니다.

이안이 예상했던 대로 시온 빔은 차징 스킬이었고, 강력한 지속 딜이 들어오기 시작한 것이다.

퍼엉-!

물론 다른 원거리 딜러들에 의해 차징은 금방 끊겼지만, 그것과 별개로 이안은 흥미롭다는 듯한 표정이 되었다.

시스템 메시지를 통해, 또 하나의 새로운 사실을 찾아냈기 때문이었다.

'오호, 시온 속성이라는 게 어비스 속성에 약한 속성인가 본데?'

뿍뿍이의 등껍질로 만들어진 방패인 귀룡의 방패.

방패의 속성은 당연히 어비스였고, 방금 시스템 메시지를 통해 상성관계를 알게 된 것이다.

그리고 이게 흥미로운 이유는 다른 것이 아니었다.

지금까지 어떤 속성과도 상성 관계가 없었던 어비스 속성의 상성 관계를 처음으로 찾아냈기 때문이었다.

랄프와 체스크. 그리고 이니스코와 같은 채팅 방에 접속되어 있는 뮤엘은, 무척이나 마음이 불편했다.

'이러면 안 될 것 같은데…….'

그들은 너무나도 당연하다는 듯 이안 일행을 사지로 몰아넣을 계획을 세우고 있었기 때문이었다.

–랄프 : 게이트 넘어 세 번째 동굴이었나?

–이니스코 : 맞아, 형.

–랄프 : 그 골렘 같이 생긴 녀석이 구슬 지키고 있었지?

–체스크 : 맞아. 그 녀석만 최대한 빨리 제거하고 구슬 가져다가 마지막 게이트 열면 돼.

–랄프 : 좋아, 좋았어.

–체스크 : 그럼 마지막 여섯 번째 동굴에 이안 일행 보내 놓고, 우린 구슬 들고 뛰면 되는 거지?

–이니스코 : 그렇지.

–체스크 : 확실히 랄프가 잔머리는 잘 돌아간다니까. 이렇게 하면 우리가 그 괴물 놈을 만날 일은 없겠어.


사실 뮤엘이라고 욕심이 없는 것은 아니었다.

중간계의 새로운 콘텐츠들을 처음 선점하는 것이 얼마나 큰 이득을 가져다 주는지 누구보다 잘 알고 있기 때문이다.

그리고 어떤 콘텐츠라 할지라도 소수의 인원이 독식할 때 가장 큰 효과를 볼 수 있다. 그래서 만약 이안 일행이 경쟁 길드였더라면, 평소에 적대 관계에 있는 길드원이었더라면, 큰 거리낌 없이 이들의 계획에 동참했을 것이었다.

하지만 이안 일행은 아니다.

'저들에게 이렇게까지 하는 건…….'

뮤엘은 지금 이안 일행을, 한 300레벨 후반 정도.

랭킹으로 치면 500~1,000등 정도 되는 수준으로 짐작하고 있었다. 즉, 사제 클래스 10위권인 그녀의 입장에서 볼 때, 딱히 경쟁 상대도 아닌 것이다.

게다가 순수하기 그지없어 보이는 이안 일행을 함정에 빠뜨릴 생각을 하니, 죄책감도 생겨났다.

'그래, 아무리 생각해도 이건 아니야.'

뮤엘은 마음을 굳게 먹었다.

길드의 이해 관계 때문에 다른 일행을 배신할 수는 없었지만, 적어도 이안 일행에게 피해는 가지 않도록 해 볼 생각이었다.

'내가 조금 손해 보면 되지, 뭐.'

그리고 뮤엘이 이런저런 생각을 떠올리는 사이, 드디어 첫 번째 어비스 게이트가 눈앞에 나타났다.

"자, 여기부터가 진짜다. 다들 준비됐지?"

랄프의 말에 모두가 천천히 고개를 주억거렸고, 이안을 필두로 한 일행은 게이트 안으로 발을 들였다.

그러자 마치 신기루처럼 이안 일행은 시커먼 심연 속으로 빨려 들어갔다.

게이트에 입장하자마자, 이안의 눈앞에 시스템 메시지들

이 떠오르기 시작했다.

띠링―!

―어비스 게이트를 통과하였습니다.

―지금부터 모든 어비스의 힘이 더욱 강력하게 증폭됩니다.

―지금부터 모든 시온의 힘이 더욱 강력하게 증폭됩니다.

그리고 랄프가 미리 언질했던 것처럼, 새로운 퀘스트가 하나 발동되었다.

―바람이 더욱 거세집니다.

―'돌풍의 협곡' 던전에 입장하였습니다.

―'돌풍 속으로' 퀘스트가 발동합니다.

### '돌풍 속으로(에픽)(히든)'

과거 심연의 계곡은, 심연의 정령들이 지내던 아늑하고 안전한 공간이었다.

정령계에서도 그 어느 곳보다 아늑하고 순도 높은 정령력을 느낄 수 있는 심연의 계곡은, 심연의 정령뿐 아니라 수많은 정령들의 안식처였던 것이다.

하지만 기계문명의 침략 이후 심연의 계곡은 완전히 변하고 말았다.

계곡에 머물던 대부분의 정령들은 오염되었으며, 아늑한 공간이었던 계곡은 적들을 막아 내기 위해 요새화되어 버린 것이다.

게다가 결국에는 이 심연의 계곡마저도 전부 기계문명에 잠식당해 버렸으니, 이제 이곳에는 오염된 정령들뿐이 남지 않았다.

자, 용감한 당신들은, 오염된 정령들을 물리치고 어비스 게이트를 찾아 내었다.

이제 이 돌풍의 협곡 어딘가에 있는 심연의 보주를 찾아 북쪽에 있는 제단에 가져간다면, 오염된 심연의 계곡을 정화할 수 있을 것이다.

그리고 계곡이 정화되면, 막혀 있던 북쪽의 길이 열릴 것이다.

보주를 찾아 계곡을 정화한 뒤, 북쪽의 길을 따라 정령의 성소로 가자.

정령의 성소에 있는 수호자 '샬론'을 찾아간다면, 그가 당신에게 고마움을 표할 것이다.

**퀘스트 난이도 :** C+

**퀘스트 조건 :** 어비스 게이트를 발견한 유저.

**제한 시간 :** 없음

**보상 :** '심연의 파수꾼' 칭호 획득, ???

*퀘스트 진행시간이 1분 지날 때마다 몬스터 리젠 속도가 10퍼센트 만큼씩 빨라집니다.

*거절할 수 없는 퀘스트입니다.

퀘스트의 내용을 이해하는 것은 어렵지 않았다.

스토리 자체는 제법 길었지만, 요지는 딱 하나였기 때문이다.

'그러니까, 심연의 보주를 찾아서 저기 보이는 제단에 가져가면 된다는 거네.'

이안의 시선이 전면에 멀찍이 보이는 높다란 제단을 향했다.

보랏빛의 아지랑이가 사방으로 피어오르는, 신비한 분위기의 웅장한 제단.

제단의 중심부에는 둥그런 홈이 움푹 파여 있었고, 누가 봐도 그곳은 구슬을 올려놓으라고 만들어 둔 자리였다.

이어서 이안의 시선이 맵 전체를 빠르게 훑었다.

'제단의 주변으로, 동굴 같은 게 여섯 개 정도 보이는 것 같고…….'

북쪽에 높게 솟아 있는 심연의 제단.

그리고 그 제단의 양옆, 높다란 절벽에 뚫려 있는 여섯 개의 동굴.

'저 동굴을 뒤져서 구슬을 찾아야 하는 거겠지.'

퀘스트를 전부 이해한 이안은 천천히 고개를 끄덕였다.

퀘스트의 내용만 봐서는 일반적인 던전에 있는 인스턴트 퀘스트들과 큰 차별점이 없어 보였기 때문이다.

다만 특별한 것은 시간이 지날수록 몬스터의 리젠 속도가 빨라진다는 부분이었다.

'사실상 이게 시간제한이나 다름없지, 뭐.'

아무리 이안이라 하여도, 무한대로 솟아나는 몬스터의 향연은 버텨 내기 힘들다.

이 퀘스트는 결국 최대한 빨리 클리어하는 게 관건인 것이다.

그리고 이안이 생각을 정리하는 동안 퀘스트가 시작되었다.

-지금부터 '돌풍 속으로(에픽)(히든)' 퀘스트가 시작됩니다.

-경과 시간 : 00:00:01

이안은 게이트에 들어서기 전, 랄프가 했던 이야기들을 한 번 떠올려 보았다.

"지금부터 하는 얘기는 잘 들어야 돼."

"얘기해 봐요."

"아까도 얘기했지만, 우린 이미 여기 와 본 적이 있어. 서리동굴 쪽으로 가기 전, 여길 먼저 트라이했었으니까."

"네, 그랬다고 했었죠."

"이 게이트 안에 들어가면 총 여섯 개의 동굴이 있는데, 그중 한 곳에 던전을 클리어할 수 있는 열쇠가 있어."

"네."

"그리고 우린, 그중 왼쪽에 있는 두 곳에 들어가 봤지."

"거기서 구슬을 못 찾았나 보죠?"

"빙고. 역시 머리가 잘 돌아가는 친구라 이해가 빠르군."

"계속해 봐요."

"예상했겠지만, 던전에 입장하자마자 우린 세 번째 동굴부터 뒤지기 시작할 거야."

"당연히 그래야겠죠."

"그래. 그런데 팀을 둘로 나눌 생각이야. 우리 넷이 한 팀, 너희 셋이 한 팀을 꾸려서, 우린 세 번째 동굴부터 들어가고 너흰 마지막 동굴부터 들어가는 거지."

"나쁘지 않은 생각이네요."

"좋아, 그럼 던전에 들어가자마자, 너희 셋은 왼쪽으로 달리면 돼."

"그러도록 하죠, 뭐."


처음부터 이안은, 랄프를 완전히 믿지 않았다.

랄프가 나쁜 놈처럼 보여서가 아니라, 콘텐츠 선점을 위한 배신은 일반 유저들 사이에서도 얼마든지 일어날 수 있는 것이기 때문이었다.

그리고 그런 의심을 지속적으로 하고 있었기 때문에, 이안은 낌새를 느낄 수 있었다.

'후후, 쉽게 당해 줄 생각은 없다고.'

랄프가 이안에게 했던 오더는 일견 합리적으로 보이는 것이었다.

던전의 클리어 타임을 단축시키기 위해, 두 팀으로 나눠서 구슬을 찾으러 간다는 발상이었으니 말이다.

하지만 이 오더에서 이안은, 어떤 '냄새'를 맡을 수 있었다.

'일단 팀 구성부터가 잘못되었어.'

현재의 파티 일곱 명을 가장 효율적으로 나누기 위해선, 랄프 일행과 이안 일행이 섞여서 나뉘어야 한다.

사실이야 어찌되었든 겉으로는 랄프 일행의 랭킹이 훨씬 높다는 전제가 깔린 상황이었고, 그렇다면 파워 밸런스가 안 맞기 때문이었다.

'섞이진 않더라도, 최소 우리 쪽이 네 명으로 구성되어야

밸런스가 맞지.'

겉으로 드러낸 전력만으로 봤을 때는, 이안과 쌍둥이 자매의 전력은 랄프 일행의 절반도 되지 않는 수준이다.

이안은 물론, 두 쌍둥이자매도 본 실력을 드러낸 적이 없으니 말이다.

그리고 생각이 여기에 미치자, 의심스러운 것이 하나둘 보이기 시작했다.

'만약 랄프가 진짜로 효율적인 오더를 내리려 했다면, 구슬을 찾은 이후의 지침에 대해서도 얘기를 해 줬어야 했어.'

만약 랄프가 아닌 이안이 오더를 내렸더라면, 보주를 먼저 찾은 팀과 찾지 못한 팀의 행동 방향까지도 상세히 말해 놓았을 것이다.

하지만 랄프는 보주를 찾은 뒤의 상황에 대해서는 아무런 언급도 없었다.

마치 '그 뒤의 상황이 어찌 되든 본인은 상관없다'는 듯이 말이다.

'수상해. 아주 수상해.'


랄프가 말했던 여섯 번째 동굴로 향하던 이안은 슬쩍 시선을 뒤로 돌렸다.

지금까지의 정황을 통틀어 유추했을 때, 한 가지 결론이 떠오른 것이다.

'어쩌면 저놈들은, 우릴 여기 버려 놓고 자기들끼리 퀘스트를 깨려는 것일 수도 있겠어.'

거의 확신에 가까운 의심이었지만, 어쨌든 짐작만을 가지고 랄프를 적으로 돌릴 수는 없다.

하지만 의심되는 상황에서 오더를 착실히 따라 주는 것도 바보 같은 짓이다.

그렇다면 지금 해야 할 것은, 약간의 위험을 감수하고라도 랄프 일행을 떠보는 것이었다.

지금 상황에서는 퀘스트를 실패하는 한이 있더라도, 적아를 확실히 구분해 내는 게 더 중요했으니까.

이안은 일부러 움직임을 살짝 늦추며, 랄프 일행을 주시했다.

"이안, 왜 그래?"

"갑자기 왜 멈춰?"

"쉿!"

입에 손가락을 가져다 대며 제스처를 취한 이안은, 슬슬 방향을 돌리기 시작했다.

저들이 세 번째 동굴로 들어가고 나면, 뒤를 몰래 밟아 볼 생각으로 말이다.

차후 랄프가 추궁한다면, 셋만으로 동굴을 뚫는 게 불가능했다 해명하면 된다.

그게 딱히 틀린 말도 아니고 말이다.

그런데 다음 순간, 이안은 계획했던 부분을 완전히 접어야 했다. 정말 예상치도 못했던 상황이 벌어졌기 때문이었다.

"……!"

당연히 랄프의 파티와 함께 세 번째 던전으로 들어갈 것이라 생각했던 뮤엘이 자신들을 향해 달려오기 시작한 것이다.

이안의 얼굴에 처음으로 당황한 표정이 떠올랐다.

'뭐지? 랄프가 우릴 버리려 했던 게 아닌가?'

뮤엘이 이안의 일행에 합류한다면 이안이 세웠던 가정은 전부 무너져 버린다.

그래서 이안은 무척이나 혼란스러웠다.

'내 판단이 틀렸다고?'

그리고 이안이 혼란스러워하는 동안, 뮤엘은 빠르게 그의 앞으로 다가왔다.

그리고 멋쩍은 웃음을 지어 보였다.

"아무래도 세 분이서 진행하기엔 벅차 보여서요. 제가 좀 껴도 괜찮겠죠?"

얼떨떨한 표정이 된 이안은, 저도 모르게 고개를 끄덕이고 말았다.

돌풍의 협곡 던전에 등장하는 정령들은, 총 세 가지 종류로 나뉜다.

먼저 외형부터 설명하자면, 세 녀석 모두 귀엽기 그지없었다.

한 녀석은 뾰족한 귀를 가진 요정 같은 생김새였는데, 자신의 몸집보다도 훨씬 큰 장궁을 메고 있는 궁사의 모습이었다.

또 한 녀석은 작은 망치와 방패를 양손에 쥐고 있는, 짜리 몽땅한 난쟁이의 모습.

마지막 녀석은, 앞의 두 녀석에 비해 덩치가 훨씬 큰, 코끼리를 닮은 녀석이었다.

그리고 그중 두 종류가 '어비스' 속성을 가진 정령들인데, 작고 귀여운 두 녀석이 바로 그들이었다.

이들은 둘 다 무지막지한 공격력을 자랑하지만 탱킹 능력은 무척이나 약했다. 활을 든 녀석은 원거리 딜러였으며, 망치를 든 녀석은 근거리 딜러인 것이다.

'이 녀석들만 있었다면 상대하기 정말 수월했을 텐데……'

이안의 시선이 빠르게 전장을 스캔했다.

동굴 여기저기 포진하여, 강력한 투사체를 날려 대는 열댓 마리의 어비스 정령.

그리고 그들의 중심에 있는 커다랗고 새하얀 녀석.

빠르게 적들의 위치를 파악한 이안의 시선이 길목에 버티고 서 있는 코끼리 같은 녀석을 향했다.

녀석은 바로 '마법형 탱커'의 포지션을 가지고 있는, '시온'

속성의 정령이었다.

'어떻게든 저 고깃덩이를 먼저 치워야 하는데…….'

시온의 정령은 곳곳에 포진해 있는 어비스 정령들과 다르게, 전장의 중심을 지키는 단 한 마리뿐이었다.

하지만 존재감만큼은 어비스 정령들보다 더욱 큰 것이, 바로 이 돼지 같은 녀석이기도 했다.

이 녀석이 구사하는 새하얀 실드가 가장 큰 골칫덩이였으니 말이다.

시온의 정령이 보호막을 이용해 어비스 속성의 딜러들을 보호해 주니, 정령 하나하나를 처치하는 데 너무 많은 시간이 걸리는 것이다.

그렇다고 녀석을 먼저 타깃팅하자니, 수많은 심연의 정령들이 화살을 뿌려 댄다.

그 한 발 한 발이 좀 아픈 수준이 아니어서, 몇 대만 맞아도 빈사 상태가 되어 버리는 것이다.

게다가 시온 정령의 탱킹 능력도 상당해서, 바네사와 사라의 딜만으로는 순식간에 삭제하는 것이 쉽지 않다.

'결국 좀 위험하더라도 내가 들어가야겠어.'

전방에 우르르 몰려나와 망치를 휘두르는 난쟁이 정령들을 향해 이안의 검이 빠르게 움직였다.

쐐액- 쐐애액!

이어서 그의 시선이, 뒤편에 있는 뮤엘을 향해 슬쩍 움직였다.

'아직까지 다 믿을 순 없지만, 계속해서 실력을 숨기는 것도 무리야.'

지금까지처럼 탱커의 역할만 해서는 퀘스트를 제대로 수행할 수 없다.

그렇게 판단한 이안은 좀 더 공격적으로 움직이기로 했다.

까강- 깡-!

난쟁이들의 망치를 막아 낸 이안의 방패가 푸르게 빛나기 시작했다.

'귀룡의 분노' 스텍이 거의 다 채워져 가는 것.

마지막으로 허공에서 날아든 화살 한 발을 막아 낸 이안이, 전방을 향해 힘차게 도약했다.

-'귀룡의 분노' 능력이 발동합니다.

-공격력이 0.5퍼센트만큼 상승합니다.

-'귀룡의 분노' 능력이 발동합니다.

-공격력이 0.5퍼센트만큼 상승합니다.

-'귀룡의 분노' 능력이 발동합니다.

-'무적' 상태가 되었습니다.

뮤엘이 이안 일행에 합류한 이유는 간단했다.

랄프를 포함한 세 명이 심연의 계곡을 빠져나가고 나면, 최강의 생존 스킬인 '미로의 축복' 고유 능력을 이용해 이안 일행을 탈출시켜 줄 생각이었던 것이다.

물론 미로의 축복을 쓴다고 해서, 이안 일행이 계곡을 건널 수는 없다.

마지막 동굴에 있는 '괴물' 녀석을 처치할 수 있는 게 아니라면 말이다.

하지만 반대로 되돌아가 어비스 게이트 밖으로 빠져나가게 해 줄 수는 있다.

그렇게 하면 최소한 이안 일행이 사망 페널티는 피할 수 있을 것이다.

'그래, 그 정도만 해내면, 내가 할 수 있는 만큼은 충분히 한 거야. 죄책감 가질 필요 없겠지.'

뮤엘 본인이야 퀘스트에 실패하게 되겠지만, 그 정도는 감수할 생각이었다.

한 번 실패하면 더 이상 도전할 수 없는 서리동굴의 퀘스트 같은 것도 아니고, 차후에 다시 클리어하면 그만이니 말이다.

그런데 이안 파티에 합류한 지금 뮤엘은 뭔가 이상함을 느끼기 시작했다.

'어, 어어?'

동굴에 들어선 이안 일행의 전력이 뭔가 달라진 것 같았기 때문이었다.

"뮤엘 님, 빨리 따라오세요! 벌써 1분 지났다고요!"

"아, 알겠어요. 이안 님."

이안의 오더를 따라 일사불란하게 움직이는 바네사와 사라.

세 사람의 전력은 분명 지금까지 뮤엘이 봐 왔던 수준과 달랐던 것이다.

'뭐야, 갑자기 왜 이렇게 잘해?'

최상위 사제 랭커인 뮤엘이 보기에도 눈이 휘둥그레질 정도의 컨트롤을 보여 주는 바네사와 지금까지 쓰지 않던 고위 마법들을 난사하는 사라.

하지만 그중에서도 가장 큰 놀라움을 선사한 것은 다름아닌 이안이었다.

'방패 막기' 실력 하나로 랭커가 된 줄 알았던 특이한 기사 클래스 이안이 갑자기 저돌적으로 전장을 휘젓기 시작한 것이다.

'이게, 기, 기사 맞아?'

방패는 그야말로 거들 뿐.

지금까지 완벽히 탱커의 역할만 하고 있었던 이안이, 붉게 빛나는 핏빛 검을 휘두르며 미친 듯이 딜을 넣기 시작한 것이다.

그리고 그것은, 기사 클래스라기보다 차라리 전사 클래스에 가까운 위용이었다.

우우웅—!

낮은 공명음이 울리더니, 이안의 주변에 황금빛 보호막이 펼쳐진다.

이어서 이안은 순식간에 무기를 스왑Swap하였다.

'또 뭘 하려는 거야?'

갑자기 방패와 검을 집어넣더니, 한 자루의 장창을 꺼내 든 이안.

뮤엘은 힐 하느라 정신없는 와중에도 이안의 움직임에서 눈을 뗄 수가 없었다.

어느 것 하나 상식적인 부분이 없었기 때문이다.

'단신으로 저길 들어간다고?'

그녀는 저 황금빛 보호막이 얼마나 강력한 방어력을 지녔는지 모른다.

하지만 달랑 창 한 자루만을 들고 심연의 정령들 사이에 뛰어드는 것이 자살행위라는 것 정도는 잘 알고 있었다.

그리고 그 순간, 이안이 빠른 어조로 오더를 내렸다.

"바네사, 좌측 어그로 좀 끌어 줘!"

"알겠어, 이안!"

"사라, 광역 슬로우 좀!"

"오케이!"

위이잉—!

이안이 오더한 스킬들이 동시에 발동되며, 그 순간 이안의 신형이 적진 한가운데를 파고들었다.

그러자 정령들의 공격이 일제히 이안을 향해 쏟아졌다.

쐐애애액─!

단숨에 게임 아웃되어 버릴 수도 있는, 일촉즉발의 상황.

그런데 그때, 이안의 신형이 둘로 쪼개어졌다.

그러면서 둘의 사이로 투사체들이 허망하게 지나가 버렸다.

'분……신술?'

뮤엘은 경악했다.

기사 클래스가 분신을 소환하는 경우는 지금껏 본 적이 없었기 때문이었다.

게다가 컨트롤은 또 어떠한가.

분신술을 발동시킨 타이밍이 조금이라도 어긋났다면, 분명 적잖은 피해를 입었을 것이다.

이어서 둘로 쪼개어진 이안은, 분신의 잔영이 채 사라지기도 전에 동시에 창을 투척하였다.

콰아앙─!

황금빛 뇌전을 뿜어내며 날아가, 오염된 정령의 몸통을 정확히 꿰뚫는 두 자루의 장창.

뮤엘은 입이 쩍 벌어지고 말았다.

"아…… ."

그녀의 입에서, 자신도 모르는 사이 탄성이 흘러나왔다.

지금 이안이 보여 주고 있는 플레이는, 전사 랭킹 2위인 랄프조차도 어지간해서는 흉내 내기 힘든 수준이었으니 말이다.

'랄프 님이 랭킹 2위 치고 컨이 좀 떨어지긴 하지만······.'

하지만 그녀의 놀라움은 거기서 끝이 아니었다.

"뮤엘 님, 보호막 좀 부탁해요!"

"아, 알겠어요!"

이안의 오더에, 뮤엘은 빠르게 보호막을 발동시켰다.

그 사이, 이안은 어느새 새로운 무기들을 꺼내 들고 있었다.

그가 다시 꺼낸 무기는 조금 전 스왑하였던 붉은 검과 푸른 방패.

이번에는 또 무슨 짓을 하려는 건지 이제 뮤엘은 기대되기 시작했다.

'창은 나중에 회수하려는 건가?'

그리고 이안은, 뮤엘의 기대에 '완벽히' 부응하였다.

'귀룡의 분노' 고유 능력의 무적 효과와 뮤엘의 보호막에 힘입어 이안은 성공적으로 코끼리 녀석의 바로 앞까지 접근할 수 있었다.

하지만 이제부터가, 진짜 살얼음판 같은 상황이라고 할 수 있었다.

수많은 화살들이 이안을 향해 날아들고 있었고, 조금이라도 실수하는 순간 고슴도치가 되어 게임 아웃될 것이기 때문이다.

'전방에 셋. 측후방에 둘……!'

미리 활쟁이들의 위치를 파악해 둔 이안이 양손을 펼치며 고유 능력을 발동시켰다.

"귀룡의 혼!"

그러자 이안과 이안의 분신이 든 방패가 파랗게 빛나기 시작했다.

우우웅-!

이어서 총 여섯 개의 푸른 방패의 형상이 이안의 주변을 차례로 감쌌다.

그리고 그 위로 화살 세례가 쏟아져 내렸다.

쉬식- 쉬쉬쉭!

방패를 소환한 이안은 제 위치에 잘 소환되었는지 시선조차 주지 않았다.

대신, 생각해 두었던 다음 스텝step을 향해 움직일 뿐이었다.

타탓-!

이안은 전방에 버티고 있는 커다란 시온의 정령을 향해 내달렸다.

그리고 그 옆에 있던 이안의 분신 또한, 이안과 동시에 똑같이 움직였다.

휘익.

오른손에 들고 있던 방패를 허공에 집어 던진 이안이 블러드 리벤지를 양손으로 움켜쥐었다.

이어서 바닥에 널브러져 있던 정령왕의 심판 두 자루를 하나씩 컨트롤하기 시작했다.

분신을 만들어 내는 능력, 서먼 인카네이션과 무기에 생명력을 불어넣는 능력인 바이탈리티 웨폰.

두 스킬의 시너지가 극대화된 것이다.

"후읍!"

시온 정령을 향해 시선을 고정시킨 이안이, 정신을 극도로 집중했다.

서먼 인카네이션과 바이탈리티 웨폰을 동시에 발동시키면, 컨트롤 난이도가 미친 듯이 올라가기 때문이었다.

물론 분신과 무기들을 하나하나 컨트롤하지 않고 AI에 맡겨둔다면, 사실 난이도라고 할 것이 없다.

분신은 물론, 생명이 부여된 에고 웨폰은 또한 기본적인 인공지능을 가지고 있었기 때문이다.

그냥 둬도 어느 정도는 알아서 활약하는 것이다.

하지만 그 인공지능의 수준이 지극히 낮기 때문에, 컨트롤이 필요한 것이다.

'적당히 컨트롤과 인공지능을 섞어야 해.'

정령왕의 심판에 타깃을 설정한 이안이 방패를 움직여 방어 위치를 지정하였다.

그러자 네 개의 무구가 일사불란하게 움직였다.

쏟아지는 화살들을 막아내는 귀룡의 방패와 궁수들을 향해 쏟아지는 정령왕의 심판.

당황한 시온의 정령이 서둘러 실드를 캐스팅했다.

그리고 이것이 이안이 기다렸던 상황이었다.

실드가 빠져야만 녀석을 삭제하는 것이 가능했으니 말이다.

'지금……!'

이안과 이안의 분신이 동시에 녀석을 향해 뛰어들었다.

둘의 손에 들린 붉은 검이, 동시에 핏빛 안개를 뿜어내었다.

스하아아ㅡ!

섬뜩한 소리를 내며, 검신 가득히 피를 머금은 두 자루의 검.

이어서 두 구의 핏빛 그림자가, 하얀 도화지 위를 난도질하기 시작했다.

"몇 분 지났어, 이니스코?"

"방금 17분 지났어!"

"으, 역시나 빠듯하군."

돌풍의 협곡 세 번째 동굴로 들어간 랄프의 일행은, 목적지를 향해 일사불란하게 움직였다.

이미 길을 다 알고 있었고, 심연의 구슬이 있는 위치까지도 파악하고 있었으니 말이다.

하지만 생각지 못했던 변수가 하나 있었으니, 원래라면 함께였어야 할 뮤엘이 없다는 점이었다.

"휴, 뮤엘 님만 있었으면 벌써 끝났을 텐데."

"그러니까 말야. 뮤엘 님은 쓸데없이 너무 착하시단 말이지."

이니스코의 투덜거림을 들은 랄프가 고개를 절레절레 저었다.

그들로서는 뮤엘의 행동을 도저히 이해할 수 없었으니 말이다.

"하지만 뮤엘 님이 저쪽으로 간 것도 사실 우리 입장에선 나쁠 거 없는 상황이긴 해."

"그건 무슨 말이야, 체스크?"

"생각해 봐. 녀석들이 우리한테 뒤통수를 맞았다고 생각하면, 앙심 품을 거 아냐."

"그거야 당연하지."

"하지만 뮤엘 님이 희생했기 때문에, 녀석들은 우리한테 이용당했다는 사실을 알 수 없을 거야."

"흐음……."

"물론 저들이 앙심을 품는다 해서 우리한테 큰 위협이 되지는 않겠지만, 뒤는 깔끔할수록 좋잖아?"

"체스크 형 말도 일리가 있네. 뮤엘 님 덕에, 찜찜한 게 좀 사라질 수는 있겠어."

체스크와 이니스코의 말에, 랄프는 고개를 천천히 주억거렸다.

절반 정도는 동의할 수 있는 부분이기 때문이었다.

"그래. 뭐……. 좋은 게 좋은 거지."

쿵-!

심연의 골렘을 쓰러뜨린 체스크가 뒤쪽에 놓여 있던 구슬을 집어 들었다.

이제 이 녀석을 들고 북쪽의 제단을 향해 달리면 퀘스트가 마무리될 것이다.

"지금쯤 저쪽도 '괴물'녀석을 만났으려나?"

체스크의 말에, 이니스코가 고개를 절레절레 저으며 대답했다.

"에이, 그럴 리가 없잖아, 형. 뮤엘 님이 합류했다고는 하지만……. 그 전력이면 아직 동굴 중간도 못 갔을걸?"

"그……러려나? 하긴, 만약 괴물 녀석이 날뛰기 시작했다면 던전이 이렇게 조용할 리 없지."

"큭큭, 체스크. 네가 녀석들을 너무 과대평가하는 것 같은데."

"아니면 던전 난이도를 너무 과소평가했거나."

세 사람은 대화를 나누며 킬킬거렸다.

사실상 퀘스트를 클리어한 것이나 마찬가지였기 때문에, 그들의 얼굴에는 여유가 넘쳐흘렀다.

"자, 이니스코, 정령들 못 들어오게 후방 엄호하고."

"알겠어, 형."

이니스코의 소환수들을 후방으로 보낸 세 사람은, 재빨리 동굴의 안쪽에 숨겨져 있는 푸른 마법진 위로 걸음을 옮겼다.

이곳을 밟으면 바깥으로 바로 이동되는데, 정령들이 들이닥치면 마법진이 작동하지 않기 때문이었다.

위이잉-!

작은 공명음과 함께, 세 사람의 신형이 허공으로 흩어졌다.

그리고 잠시 후.

쿵- 쿵- 쿵-!

고막이 울릴 정도로 거대한 굉음과 함께, 던전 전체가 진동하기 시작했다.

'돌풍의 협곡' 던전은 포진되어 있는 몬스터가 많기는 하지만 몬스터 리젠 속도가 빠른 편은 아니다.

그러나 던전에 진입한 지 거의 20분이 지난 지금.

이제는 몬스터가 계속해서 생겨나는 것이 피부에 와 닿을 정도가 되어 버렸다.

'돌풍 속으로' 퀘스트에 붙어 있는 특별한 조건 때문이었다.

*퀘스트 진행 시간이 1분 지날 때마다 몬스터 리젠 속도가 10퍼센트만큼 씩 빨라집니다.

눈앞에 나타난 정령을 처치한 이안이 미간을 살짝 찌푸리며 속으로 중얼거렸다.

'한 10분 정도만 더 지나면 처치하는 속도보다 생성되는 속도가 빨라지겠어.'

이안은 머릿속으로 대략적인 시뮬레이션을 그려 보았다.

그리고 그 결과, 아무리 늦어도 20~30분 내에는 구슬을 찾아야 한다는 결론을 얻을 수 있었다.

'여기에 구슬이 있었으면 좋겠는데……'

이안 일행은 더욱 빨리 움직여 동굴을 뒤져 보았다.

이제 동굴 안에 있는 정령들은 대부분 처치했기 때문에, 따로 움직이며 동굴을 탐색할 수 있었다.

"바네사, 그쪽에는 구슬 안 보이지?"

"응, 언니! 여긴 없어! 그쪽은 어때?"

"여기도 안 보여!"

"이안, 거기는?"

"이쪽에도 없어!"

하지만 이안 일행은 동굴을 샅샅이 뒤져 봐도 구슬 비슷하게 생긴 물건조차 찾을 수 없었다.

'이거 어떡하지? 이제부터라도 소환수 전부 소환하고 다른 동굴 뒤져야 하나?'

랄프 일행이 들어간 세 번째 동굴과 이안이 있는 마지막 동굴을 제외하면, 남은 동굴은 총 두 곳이다.

동굴 하나를 전부 뒤지는데 20분 정도가 걸렸으니, 시간이 무척이나 빠듯하다고 할 수 있었다.

'일단 빨리 다섯 번째 동굴로 이동하자.'

이곳에 구슬이 없다고 판단한 이안은, 마지막으로 뮤엘을 불렀다.

"뮤엘 님, 그쪽에도 없죠?"

그리고 동굴 구석에서, 살짝 당황한 뮤엘의 목소리가 들려왔다.

"아, 네! 여기도 없어요, 이안 님!"

"……?"

이안은 눈치가 빠르다.

또, 뮤엘에 대한 의심을 완전히 거두지 않은 상태였다.

때문에 뮤엘의 목소리를 듣는 순간, 뭔가 이상하다는 것을 느낄 수 있었다.

'뭐지? 뮤엘 님이 뭘 숨기고 있나?'

이안은 대답 대신, 조용히 뮤엘이 있는 곳을 향해 움직이기 시작했다.

새카만 흑철로 만들어진, 커다란 철문.

그리고 그 앞에, 하얀 사제복을 입은 한 여인이 긴장된 표정으로 앉아 있었다.

그녀의 정체는 바로 뮤엘.

'절대 이 문을 열게 해서는 안 돼.'

뮤엘이 지키고 있는 문은, 랄프 일행이 말하던 '괴물'이 갇혀 있는 철문이었다.

이안 일행이 열지 못하도록 뮤엘이 일부러 철문 앞에 와 있는 것이다.

어차피 랄프 일행이 구슬을 찾아 제단에 올리면 철문이 움직이기 시작할 것이지만, 절대로 미리 열어서는 안 된다.

철문을 억지로 열면, 동굴에 설치된 기관이 작동하기 때문이다.

'기관이 작동하기 시작하면……. 정말로 끝이야.'

이곳은 던전 안에 있는 '함정' 같은 것이었다.

마치 문을 부수면 구슬을 찾을 수 있을 것 같지만, 문이 부서지는 순간 지옥이 펼쳐지게 된다.

괴물과 함께 던전에 갇히게 되니 말이다.

뮤엘이 이러한 사실을 알고 있는 이유는 간단했다.

그녀는 랄프 일행과 함께 이곳을 여러 번 트라이해 보았으 니까.

그리고 그 여러 번의 트라이 중 단 한 번 전멸당한 적이 있 었는데, 저 철문을 부쉈을 때였다.

'후, 그때 생각만 하면……..'

다른 때는 괴물이 나타나도 미로의 축복을 이용해 어떻게 든 도망칠 수 있었는데, 동굴에 갇히니 답이 없었던 것이다.

상념을 마친 뮤엘이 철문을 힐끗 응시했다.

철문이 움직이기 시작하면 이곳을 빠져나갈 것이다.

그리고 이안과 바네사 자매를 찾아 함께 탈출할 것이다.

'이제 슬슬 저쪽에서 구슬을 찾을 때가 됐는데…….'

처음 이안 일행을 돕기 위해 합류했을 때, 기꺼운 마음으 로 온 것이기는 하지만, 그녀도 사람인지라 조금의 아쉬움은 있을 수밖에 없었다.

하지만 이제는 아쉬운 것조차 남아 있지 않았다.

이안과 두 자매의 진면목을 봤기 때문이었다.

'특히 블러드 스플릿 컨트롤은……. 정말 환상이었지.'

던전 안에 포진해 있던 수많은 정령들을 블러드 스플릿 연 계로 썰어 담는 모습은, 그녀에게 적잖은 충격을 안겨 줬다.

이안이 어떤 히든 클래스를 가진 기사인지는 모르겠지만,

조만간 10위권 안에 랭크될 슈퍼루키라고 판단한 것이다.

그리고 시간이 좀 더 지난다면, 미국 서버 기사 클래스의 1,2위를 다툴 수 있을 만한 실력자라고 여겼다.

'어쩌면 이들을 도운 건, 최고의 선택이었는지도…….'

랄프와의 사이도 틀어지지 않는 선에서 이안이라는 새로운 실력자를 알게 된 것.

뮤엘은 자신의 선택이 그야말로 신의 한수라고 생각했다.

'퀘스트야 다시 트라이하면 그만이지.'

"휘유."

짧게 숨을 내쉰 뮤엘은, '미로의 축복' 고유 능력을 다시 한 번 점검해 보았다.

그런데 그때, 그녀의 뒤편에서 사나운 파공음이 들려오기 시작했다.

쐐애액—!

뮤엘은 반사적으로 고개를 돌려 뒤를 돌아보았다.

그리고 다음 순간, 두 눈이 휘둥그레질 수밖에 없었다.

"……!"

강력한 뇌전을 머금은 금빛 창 한 자루가, 무시무시한 속도로 날아오고 있었으니 말이다.

"아, 안 돼!"

뮤엘은 자신도 모르게 단발마의 비명을 내질렀다.

하지만 그녀가 미처 반응하기도 전에, 창은 그녀의 옆을 지나 철문을 향해 쏘아져 갔다.

이어서 장내에 울려 퍼지는 굉음.

콰아앙-!

그리고 어둠 속에서, 이안이 걸어 나왔다.

"뮤엘 님, 여기서 뭐 하고 있어요?"

"그, 그게……!"

"혹시 저한테 뭐 숨기는 거 있으세요?"

뮤엘은 이안에게, 지금의 상황을 설명하고 싶었다.

하지만 그럴 수 없었다.

이안의 창이 철문에 틀어박힌 탓에 상황이 급박하게 흘러 가기 시작한 것이다.

쿵-!

새카만 철문 너머에서 묵직하고 커다란 타격음이 울려 퍼 졌다.

철문 안쪽에 있는 괴물이 깨어나 버린 것이다.

그리고 그 소리를 들은 이안의 시선이 반사적으로 철문을 향해 움직였다.

"이게 무슨…….

다급해진 뮤엘은 이안의 손을 잡아끌었다.

"뛰어요!"

"아니, 무슨 일인지 설명이라도……!"

"이럴 시간이 없어요! 빨리 도망쳐야 해요!"

"……?"

고유 능력을 사용하여 정령왕의 심판을 회수한 이안은 얼떨결에 뮤엘의 손에 이끌려 도망쳐 나가기 시작했다.

무슨 영문인지는 알 수 없었지만, 그녀의 표정에서 진심이 느껴졌기 때문이다.

"바네사 님이랑 사라 님도 빨리 이쪽으로……! 시간이 없어요!"

네 사람이 모이는 순간 '미로의 축복'을 발동시켜야 파티원 전원에게 버프가 걸리게 된다.

때문에 저 괴물이 철문을 뚫고 나오기 전, 전원이 모여서 탈출해야만 했다.

철문이 부서지면 기관이 작동할 테고, 모두가 여기에 갇히게 될 테니까.

하지만 그녀의 노력은, 전부 수포로 돌아가고 말았다.

콰앙ー!

네 사람이 미처 모이기도 전, 철문이 부서진 것이다.

"아……!"

뮤엘의 입에서 탄식이 새어 나왔다.

이제는 그녀로서도 어찌 할 방법이 없다.

이안 일행의 전력이 아무리 강력하다 해도, 저 괴물을 처치하는 것은 무리이기 때문이다.

"왜 그래요, 뮤엘 님?"

"무슨 일이야, 이안?"

뒤늦게 이안과 뮤엘에게 달려온 쌍둥이 자매는, 커다란 눈을 꿈뻑이며 두 사람을 응시하였다.

그리고 다음 순간.

띠링-!

네 사람의 눈앞에, 새로운 시스템 메시지들이 떠오르기 시작했다.

-조건이 충족되었습니다.

-외부와 단절되었습니다.

-파티가 해체되어 재구성됩니다.

-현재 파티원 : 이안, 바네사, 사라, 뮤엘.

생각지도 못했던 시스템 메시지의 내용에, 이안의 두 눈이 크게 확대되었다.

'외부와 단절……? 게다가 파티가 재구성됐다고?'

하지만 그것이 끝이 아니었다.

-숨겨진 퀘스트가 발동합니다.

이어서 처음 보는 퀘스트 창이 주르륵 하고 펼쳐진 것이다.

---

### 기계파수꾼 처치(돌발)(히든)

기계문명은 심연의 계곡이 정화되는 것을 원치 않았다.
그래서 계곡의 가장 깊은 곳에, 강력한 기계파수꾼을 남겨 놓고 떠났다.
그런데 바로 지금, 당신들이 그를 깨우고 말았다.
파수꾼은 자신의 단잠을 깬 당신들을 용서하지 않을 것이다.

---

그는 당신들을 해치려 할 것이고, 당신들은 결코 살아남기 힘들 것이다.
하지만 만약 당신들이 그를 처치하고 이곳에서 살아남는다면, 기계문명
의 숨겨진 유산을 얻을 수 있을 것이다.

날뛰는 기계파수꾼을 처치하고, 무너진 동굴에서 탈출하자.

**퀘스트 난이도 :** A+

**퀘스트 조건 :** 심연의 철문 파괴.

**제한 시간 :** 없음.

**보상 :** '???' 설계도, 상급 정수(속성 : 랜덤), 상급 원소결정(속성 : 랜덤)

to be continued

# 200평 초대형 24시 만화방

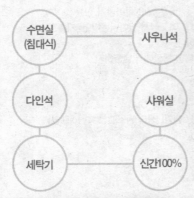

수면실
(침대식)    사우나석

다인석    샤워실

세탁기    신간100%

## 📖 수원 인계동점

● 나혜석거리    ● 농협

● CGV    ● 수원시청역(8)

무비 사거리

소주한잔
건물
24시 만화방 3F    홍콩반점    홈플러스

TEL : 031-226-3771
수원시 팔달구 인계동 1041-11 3층 24시 만화방

## 📖 의정부점

의정부역(4)
(5)    흥선지하도

◀서울방향

진성약국    던킨도넛츠

24시 만화방
3F

TEL : 031-856-3971
경기도 의정부시 의정부동 197-13 3층

## 📖 주안점

주안
남부역

◀제물포    간석동▶
민병철
어학원

25시 만화방 6F

TEL : 032-426-2871
인천광역시 주안남부역 지하상가 4번 출구 GS25시 건물 6층

## 📖 안양점

● 안양역    육
교

◀관악역    명학역▶

농협
24시 만화방
2F
안양일번가

TEL : 031-466-3771
경기도 안양시 안양동 674-163 죠이당구장건물 2층